PRESA DAI BERSERKER

LEE SAVINO

PRESA DAI BERSERKER

Mia madre mi aveva avvertita di non andare da sola nel bosco. Ma quando la Luna è alta e piena in Cielo, il Calore mi scorre nelle vene al posto del sangue e... necessita loro.
I Berserker sono venuti nella notte, e mi hanno portata con sé. Mi sono risvegliata incatenata fuori dalla caverna del mostro.
Erano Guerrieri maledetti da una Strega a diventare delle Bestie feroci. Mi hanno detto che sono la loro compagna. La profezia ha detto che sono l'unica che può curarli, salvarli. Ma... sarò in grado di calmare la Bestia che infesta le loro menti prima che sia troppo tardi?

CAPITOLO 1

Il Lupo era fermo al centro del sentiero nel bosco, quasi come se stesse aspettando me. All'inizio non avevo visto la creatura enorme, inghiottita dalle ombre, con il pelo così scuro da sembrare blu. Ma una volta notato, mi ero ritrovata a restare congelata sul posto, con il cesto stretto in mano di fronte a me come se potesse aiutarmi in qualche modo. Avrei potuto gettare tutto via e correre, ma se una bestia di questa grandezza mi aveva presa come obiettivo, ero spacciata.

Dopo una lunga, insaziabile occhiata verso di me, la bestia andò via, ed io mi ritrovai a sospirare di sollievo.

Se fossi stata almeno un po' saggia, sarei tornata al mercato e avrei chiesto a uno degli abitanti del villaggio di venire con me per i boschi. Ogni singolo ragazzo del villaggio sarebbe stato contento di accompagnarmi a casa—i miei lunghi capelli dorati come il miele li richiamavano come il nettare chiamava le api—ma io avevo sempre preferito percorrere la mia strada da sola. Le mie sorelle ed io vivevamo alla fine del villaggio, ed io sarei riuscita a trovare casa mia prima che si facesse buio se non avessi incontrato nessun altro Lupo per strada.

Un rumore tra i cespugli mi fece capire che c'era più di un cacciatore tra i boschi, in attesa del crepuscolo per catturare la preda, perché era più semplice. Affrettai il passo e chiamai mia sorella Muriel ad alta voce mentre mi avvicinavo alla nostra capanna.

Lei mi venne incontro sull'uscio di casa.

«Tutto bene al mercato?»

Slegai tutto ciò che avevo addosso e le diedi ciò che avevo preso. «Abbastanza bene da permettermi di comprare la carne.»

«Oh Sabine, non dirmelo», disse Muriel. «Ne abbiamo già abbastanza dall'offertorio di questo mese.»

Sbuffai, abbassandomi per entrare nella nostra capanna. Non avevo comprato la carne, anche se volevo, perché non ce n'era bisogno: i regali che ci venivano lasciati ogni mese di fronte la porta di casa da quando Brenna era sparita erano abbastanza.

«Quanto ne abbiamo ancora?» chiesi, aspettando vicino la porta per far abituare i miei occhi al posto buio e pieno di fumo. Muriel si spostò vicino al fuoco, a sistemare i cesti e ad appendere le varie erbe che avevo preso e quelle che erano rimaste.

«Un canestrello intero. Era cervo, questa volta.» Alcuni mesi la carne era di vitello, alcune volte di coniglio. Variava continuamente, ma ciò che restava sempre lo stesso era la sua capacità di saziarci per giorni, ancora di più se la facevamo essiccare. «Non capisco perché non ti piaccia.»

«Sono contenta di ricevere questi regali!», dissi, ma la bugia aveva un sapore fin troppo amaro nella mia bocca. C'era un tempo in cui credevo che la sparizione di Brenna avesse a che fare con l'arrivo costante di quei regali. Ero rimasta sveglia tutta la notte, una volta, per provare ad acciuffare chiunque fosse a lasciarli. Ma alla fine mi ero addormentata, e poco prima dell'alba mi ero svegliata a causa del suono di un ramoscello spezzato. E lì, sul terreno, così vicino ai miei piedi che potevo toccarlo, c'era la carcassa di un cinghiale. Il cacciatore l'aveva lasciata lì mentre dormivo, ed io non avevo sentito nulla. Era servita la forza di tutt'e tre per portare la bestia dentro casa e vicina al fuoco, e la tagliammo e cucinammo per settimane. Non aspettai mai più chiunque fosse il cacciatore a lasciare cibo di fronte casa nostra, dopo quella volta.

La voce di Muriel mi tirò fuori dai miei stessi pensieri. «Non devi mangiarla, sai. Fleur ed io mangeremo ciò che ci spetta, e daremo il resto a qualcun altro.»

«Fleur non dovrebbe mangiare la carne, se sta ancora male. Solo brodo, e un po' di avena magari.» Più giovane di Muriel di qualche minuto, la sorella gemella era cagionevole di salute e stava male molto spesso. Quella sera era chiusa sotto una pila di coperte, quelle che costituivano il nostro letto all'angolo della capanna.

Misi via le erbe mentre Muriel mi tempestava di altre domande. «Chi c'era al mercato? Il prete ti ha dato di nuovo fastidio?»

«Non è successo niente di fuori dall'ordinario. Ho solo visto un Lupo nero nel sentiero verso casa.»

«È un brutto segno.»

Io scrollai le spalle. «Nessun animale è davvero cattivo. E i Lupi a volte portano cose buone.»

«Perché non hai chiesto a qualcuno al villaggio di riportarti a casa? Sai che avresti potuto avere accanto a te chiunque ti andasse.»

Le rifilai un'occhiata piccata. Muriel, la gemella più grande, sembrava conoscere fin troppe cose per avere solo sedici anni.

«Gli uomini del villaggio sono stupidi.»

«E allora come farai a sposarne uno?»

«Non lo farò, infatti. Non mi sposerò mai. Amare è da stupidi. Indebolisce i pensieri e il cuore.»

«E noi, invece? Io voglio innamorarmi» disse Fleur, con voce debole.

Forzai un sorriso per le mie sorelle. «E lo farai. Lo farete. Tu e Muriel troverete il vostro vero amore; me ne occuperò personalmente.» Mi assicurai di far uscire il mio tono forte e basso, magico come stessi raccontando una fiaba di quelle che avevo raccontato loro così tante volte quando erano piccole. «Uomini forti che costruiranno le vostre case da alberi giganti dentro la foresta. Faranno il vostro letto con il legno di un albero e ogni singolo figlio che avrete vivrà.»

«E tu non ne vuoi uno? Un uomo?»

Mi morsi la lingua per non far uscire fuori i miei veri pensieri. Gli uomini erano stupidi, costituivano soltanto un problema ed io non avevo il tempo di occuparmene. La maggior parte del tempo si comportavano come bambini, e l'altra metà si comportavano da bruti. Avevo visto mia madre innamorarsi di uno che si passava il tempo a picchiarla e a provare a stuprare mia sorella, che sopportava sempre in silenzio per proteggerci. Lo aveva fatto fino a quando non era scomparsa. Il mio patrigno era stato fatto letteralmente a pezzi da una Bestia poco dopo la sparizione di Brenna. Io avevo riso quando avevano trovato il suo corpo.

«Un uomo? Non potrei mai sentirmi soddisfatta. Magari due, se sono intelligenti e bellissimi.»

«Due uomini? Allo stesso tempo?» chiese Fleur, arricciando il naso.

«Perché no?», scherzai. «Posso mandarli fuori insieme, a cacciare e a lamentarsi e a ruttare. Li farò pregare di poter rientrare in casa.»

Fleur rise, ma Muriel restò in silenzio. Quando mi avvicinai al fuoco, lei mi prese in disparte e parlò a bassa voce. «Mancano poche notti alla Luna piena. Andrai nel bosco?»

«Forse.»

Mia sorella trattenne il respiro. «Stai attenta, ti prego.»

Invece di rispondere mi liberai da lei e controllai la carne non voluta. Era arrivata di fronte casa nostra subito dopo essere stata uccisa, piena di sangue. Muriel l'aveva arrostita con del vino e delle spezie, e il solo odore mi faceva venire l'acquolina in bocca. Accigliata, ne tagliai un pezzo per accompagnare il mio brodo.

All'inizio avevo rifiutato la carne, come se rifiutare quei regali avrebbe potuto riportare mia sorella da me. Mia madre mi aveva chiamata stupida.

«Tua sorella Brenna è morta», mi aveva detto. «Hai due sorelle più piccole di te di cui doverti occupare. Qualsiasi sia il motivo per cui ci arriva questo cibo, dobbiamo ringraziare gli Dei.»

Io avevo aspettato che mia madre si trovasse sul letto di morte per confessarle ciò che il mio cuore mi diceva fosse vero—che da qualche parte, in qualche modo, Brenna era ancora viva. Non sapevo come lo sapevo, ma sapevo che non me lo stavo inventando, e che non ero delirante.

Mia madre aveva sospirato. «Strega. Come tua nonna. Avevano la magia della Terra dentro di loro. Le diceva sempre cose, e lei sapeva che fossero vere, ma non riusciva a spiegare come.» Mia madre aveva afferrato la mia mano con la sua, senza forze. «Stai attenta, Sabine. Ciò che tua nonna sapeva non l'ha salvata, quando l'hanno legata ad un palo per bruciarla viva.»

«Sabine, mi hai sentita?» mi chiese Muriel, avvicinando il viso al mio così che Fleur non potesse sentire. «Ci sono Bestie pericolose in giro. Magari sono come il Lupo che hai visto. Padre Benton è andato fuori l'altra notte per i Vespri, e quando è tornato ha trovato tutte le sue pecore sgozzate.»

L'ultima volta che Padre Benton aveva parlato con me, mi aveva accusata di andare a letto con il Diavolo. «Che cosa orribile. Povere pecore.»

Muriel aggrottò la fronte. Con i suoi capelli scuri e quegli occhi grigi, stava crescendo sempre più bella, ma era anche più intelligente di quanto fosse bella—quando la sua dolcezza non le impediva di concentrarsi. La tenevo a casa più che potevo per evitare che quelle bestie degli uomini del villaggio la vedessero. Alcuni uomini sono peggio dei Lupi.

«Starò attenta, Muriel. Lo sai meglio di me che dovrò andare.»

A labbra strette, Muriel mi studiò per un momento prima di annuire. Lo capiva.

Aspettai che lei e Fleur si addormentassero prima di uscire fuori dalla capanna per stare da sola.

Una volta al mese, venivo sopraffatta dal Calore. Una maledizione che proveniva direttamente dalla Dea, così l'aveva messa mia madre, anche se lei non sembrava soffrirne tanto quanto ne soffrivo io. Nella mia gioventù avevo lasciato il desiderio prendere il sopravvento, e avevo passato quei momenti con un uomo che potesse far andare via quel bisogno in mezzo alle mie gambe. Ma in quegli ultimi mesi avevo deciso di andare da sola dentro la foresta, lontana dal villaggio. Il desiderio dentro di me non poteva certo essere soddisfatto così facilmente, affamato di braccia forti da uomo, e qualcosa di proibito, di segreto.

La Luna si alzò alta in Cielo, illuminandomi intenta ad entrare nella piccola pozza d'acqua dentro la foresta, le mie mani a portare l'acqua su tutta la mia pelle. Canticchiai un pochino mentre nuotavo.

Avevo appena lasciato la piscina, e stavo per mettere di nuovo le mie gonne quando guardai dall'altra parte dell'acqua e i miei occhi trovarono quelli dorati di un lupo. Le mie gonne caddero nell'acqua.

Stupida, potevo sentire la voce di mia madre nella mia testa. *Fuori da sola, a quest'ora della notte.*

Lentamente feci un passo indietro. Il Lupo restò esattamente dov'era. Un altro passo, e un altro ancora, e mi sembrò intenzionato a lasciarmi andare. Pregando silenziosamente la Dea, lentamente continuai ad indietreggiare verso casa.

Riuscii ad arrivare all'uscita di quel mio piccolo spazio personale quando sentii uno strano venticello accarezzarmi la schiena dietro, facendomi rabbrividire. Non trovai il coraggio di girarmi, così presi le mie gonne e cominciai a scappare.

Le luci della nostra capanna danzavano di fronte a me. Corsi nel sentiero principale, pronta ad entrare a casa, ma d'improvviso venni spinta indietro da braccia possenti incatenate intorno al mio corpo.

Il mio aggressore mi spinse indietro, ancora e ancora, mentre scalciavo e lottavo per la libertà. Una mano era pressata sulla mia bocca. Mi sentii pervadere dal panico. Le mie gambe continuarono a calciare l'aria mentre la Bestia mi riportava dentro il bosco.

No, no continuai a dire a voce ovattata contro la sua mano, gli alberi ad impedirmi di vedere qualcosa. Persi di vista la capanna della mia famiglia. Altri pochi passi e anche la piccola luce gettata dalla candela davanti la finestra della nostra stanza sparì dai miei occhi.

Continuai a scalciare contro di lui più forte che potevo, sperando di fargli male. La mano sul mio collo strinse leggermente come per avvertirmi.

«Sabine» ringhiò una voce bassa e profonda, ed io mi fermai dallo choc. «Stai ferma.»

«Per favore», provai a pregare, e quando mi resi conto di non riuscire più a dire un'altra parola, le mie braccia e le mie gambe si arresero al panico. La mano sulla mia gola si fece più stretta, per evitare le mie grida. Scalciai ancora un po', ma dopo pochi secondi tutto si fece buio.

* * *

MI SVEGLIAI INDOLENZITA, il mio corpo dolorante. Con gli occhi ancora chiusi, cominciai a chiamare Muriel per dirle di controllare le uova, e la mia gola mi implorò di darle da bere. Con la testa pulsante, allungai il braccio per afferrare le erbe che tenevo sempre vicine al nostro letto a causa della salute di Fleur. Ma niente.

Aprii gli occhi. Invece della capanna, ero coricata sul pavimento di una grande caverna, coperta con pellicce. L'aria del mattino era fredda sulla mia faccia. Ero rimasta fuori tutta la notte?

Ma al pensiero della notte precedente, ricordai tutto. Quella voce profonda che diceva il mio nome, la mano intorno la mia gola. Mi guardai intorno, verso la grande caverna e il nulla che si stagliava di fronte a me, e realizzai che l'incubo che pensavo di aver semplicemente fatto durante il sonno era invece la realtà.

La paura prese possesso di me mentre mi alzavo in piedi, pronta a scappare di nuovo verso la foresta. Ma il mio intento di fuggire ebbe vita breve, perché d'un tratto mi sentii tirare la gamba; quando guardai sotto di me, vidi la mia caviglia legata con una catena.

«No», sussurrai, le dita già sulla catena. «No, no, no!»

Il mio aggressore doveva avermi portata in questa caverna per incatenarmi come sua prigioniera. Un Lupo sarebbe stato in grado di staccarsi il piede a morsi per potersi liberare. Io, invece, non potevo fare altro se non restare seduta per terra a tremare.

Non mi ritrovai ad aspettare molto. Il mio rapitore

riemerse dalla foresta, camminando silenziosamente a piedi nudi. Io mi alzai, afferrando la pelliccia che avevo addosso.

Alla luce del giorno la sua faccia era pericolosa quanto la notte precedente, definita e crudele, affilata come una lama, coperta di barba. Aveva addosso dei pantaloncini di pelle, ma i piedi e il petto erano nudi. A scivolare su ogni singolo centimetro del suo corpo—le sue braccia, le sue mani, persino i suoi piedi—c'erano tatuaggi blu, i segni di un'antica tribù lontana da Alba.

Il mio cuore prese a battere dolorosamente mentre lo guardavo avvicinarsi, ma l'unica cosa che fece fu portare la legna che teneva tra le braccia oltre me per formare un piccolo fuoco tra le rocce. Quando si alzò, pulendosi le mani, i suoi occhi incontrarono i miei ed io mi sentii come colpita da un pugno. Le mie mani si chiusero immediatamente, ma mi rifiutai di distogliere lo sguardo.

Alla fine si abbassò, prese un cestello e lo avvicinò a me, non troppo vicino da portare anche lui a me, ma vicino abbastanza per permettermi di prenderlo nonostante la catena.

«Devi avere sete», disse con un ringhio. «Bevi.»

Aspettai che lui si allontanasse prima di forzare i miei piedi a muoversi per fare ciò che mi aveva ordinato. L'acqua era fresca. Non sapeva di veleno, anche se, se il mio rapitore avesse voluto uccidermi, non si sarebbe preso la briga di fare così tante cose. Era fermo in piedi come un guerriero pronto alla guerra, la faccia priva di espressione e i muscoli tesi, come pronto a combattere. La forza nelle sue braccia piene di muscoli mi aveva portata via da casa mia. Quando deglutii l'acqua, mi resi conto che la sua presa sulla mia gola mi aveva fatto male.

«Chi sei?», tirai fuori. «Perché sono qui?»

«Mi chiamo Maddox.» La sua voce sembrava roca, come se non l'avesse usata da tantissime Lune. Invece di rispondere alla mia altra domanda, mi diede le spalle e si occupò di preparare il fuoco.

Bevvi un altro po' d'acqua. Il mio riflesso sembrava spaventato, così mi premurai di controllare le mie espressioni facciali e bevvi lentamente, guardandomi intorno per trovare una via di fuga.

«Non provare a scappare», disse Maddox senza neanche guardarmi. «La foresta è piena di mostri.» Girò la testa abbastanza da potermi scoccare un piccolo sorriso, grande abbastanza da farmi vedere i suoi canini appuntiti. Mi sentii congelare il sangue. «O forse ho messo io questo pettegolezzo in giro, per tenere tutti lontani.»

Io mi alzai, sentendo il bisogno di farmi forza dalla mia altezza. «Se non vuoi visitatori, perché sono qui?»

Maddox si alzò e camminò verso di me a passo misurato. La mia testa continuò ad inclinarsi all'indietro man mano che si avvicinava.

«Tu non sei solo un'ospite.» Si fermò ad un braccio di distanza. Ben più alto di me e chiaramente più grosso, avrebbe potuto farmi fuori in due secondi. E di certo poteva reclamare potere su di me. Lo aveva già fatto. Ma invece di farmi prendere dalla paura, io sentii i muscoli tendersi e strinsi i denti, perché non avevo intenzione di farmi mettere i piedi in testa. Se mi voleva qui, avrebbe fatto bene ad abituarsi al mio disaccordo. Se non mi voleva qui, allora sarei morta.

«Che cosa sono, allora?»

«Un'amica.» Il suo sguardo scese sul mio petto, ed io mi strinsi di più dentro la pelliccia così da nascondere i miei seni. Di fronte a quel guerriero tatuato dagli occhi affamati, mi sentii rabbrividire.

Lui si avvicinò a me. Rabbrividii, ma lo lasciai spostarmi qualche ciocca dorata di capelli dal viso. La sua faccia sembrò rilassarsi immediatamente mentre giocava con i miei capelli.

«Amica?», presi in giro. «Ti capita spesso di incatenare i tuoi amici?»

La su testa s'inclinò di lato mentre prendeva in considerazione quella domanda. Così vicino odorava di fumo, di legno, e di uomo.

Incapace di restare ferma ancora, mi allontanai. Il rumore della mia catena sembrò farlo risvegliare.

Tolse la mano e si avvicinò di nuovo alla foresta, gettando la risposta alla mia domanda oltre la sua spalla.

«Sì.»

* * *

LA NOTTE ERA GIÀ CALATA quando Maddox fece ritorno. Avevo passato il resto della giornata al Sole, il più lontano possibile dal buio della caverna. La mia catena non mi permetteva di raggiungere il fuoco, ma nel guardarmi intorno avevo trovato una roccia da battere contro la catena, per provare a romperla. Quando si era fatto già mezzogiorno mi ero ritrovata ad essere troppo stanca, perché quando sbattere la roccia contro la catena si era rivelato inutile avevo provato a tirare la roccia che invece teneva la catena ferma con le mie mani, con così tanta forza che le mie unghie avevano cominciato a sanguinare.

Alla fine mi sedetti sulla roccia, forzandomi a prendere lunghi, profondi respiri. Ero prigioniera, ma il mio rapitore sembrava non avere cattive intenzioni con me. Mi parlava. Quindi forse sarei riuscita ad arrivare ad una sorta di accordo.

Con il resto dell'acqua rimasta nel cestello, mi tolsi il sangue dalle mani e rinfrescai il viso. Mi sistemai i capelli con le dita, e persi tutto il resto della giornata a farmi le trecce solo per poi disfarle. Non sarei entrata nel panico. Ero Sabine, considerata la ragazza più amabile del villaggio, e una curatrice dai poteri sempre più forti. Le mie erbe andavano bene per i nobili e anche per i plebei. Sarei riuscita a sopravvivere a tutto, anche a questo.

Ma quel pensiero non mi fermò dal sentire il mio cuore salirmi in gola quando vidi Maddox ritornare dalla foresta con la sua camminata silenziosa. Quella volta portava con sé un cervo enorme sulla spalla. Una bestia di quelle dimensioni sarebbe stata praticamente impossibile da portare per un uomo solo, ma Maddox camminava con essa addosso senza nessuno sforzo, diretto verso il fuoco.

Con la gola secca, guardai il guerriero tatuato sventrare il cadavere e poi cominciare a costruire uno spiedo. Il coltello lungo che aveva in mano recise senza problemi la carne. La violenza di quel gesto, oltre tutto il resto, mi fece stare male, e dovetti distogliere lo sguardo.

«Non avere paura, Sabine.» Io guardai di nuovo quando sentii la sua voce. «Non ti farò del male.»

La mia mano trovò la mia gola, ancora dolorante a causa della stretta delle sue dita. «Lo hai già fatto.»

«È stato necessario.»

Camminai fino a quando la catena me lo permise, sempre più vicina a lui, per provargli che non avevo paura. «Avresti potuto lasciarmi da sola.»

I suoi occhi dorati si posarono su di me tutto d'un tratto. «Ho bisogno di te.»

«Perché?»

«Perché ho bisogno di essere curato.»

Presi un profondo respiro. «Allora ti esaminerò.»

«Non sto male. Non ancora.» Tagliò un altro pezzo di carne con il coltello e me lo porse. «Hai fame?»

Ne avevo, ma non ero certa di riuscire ad ingoiare qualcosa. Le mie mani combatterono contro il bisogno di chiudersi a pugno al suo evitare le mie domande. «Perché semplicemente non mi lasci andare?»

Lui non rispose. Continuò invece a tagliare piccoli pezzi di carne, mettendoli dentro una ciotola. Alla fine si avvicinò a me, con un altro pezzo di carne. «Mangia, piccola strega. Hai bisogno di forze.»

L'odore della carne mi fece sentire ancora più affamata. E poi, aveva ragione. Avevo bisogno di carburante per poter scappare. Ma l'espressione vittoriosa nel suo viso quando presi la ciotola dalle sue mani mi fece venir voglia di sbattergliela in faccia. Mi diede la parte più pregiata della carne, e considerata la mia fame, mi sembrava il pasto migliore che avessi mai avuto in vita mia. Maddox mi fece un sorrisetto furbo, mentre mi guardava divorare il cibo.

«Buono?», gracchiò.

«Sì», mi accigliai. Se si aspettava che lo ringraziassi, allora sarebbe morto nell'attesa.

Forzandomi di mangiare più lentamente, presi piccoli sorsi dal cestello con l'acqua tra un morso e l'altro. La mia gola sembrava farsi meno dolorante. Per un attimo sperai quasi che ritornasse a fare male, così da ricordarmi di odiare il mio rapitore invece di sentirmi incuriosita da lui. Mi aveva stretto la gola, strozzandomi fino a quando avevo perso i sensi. Avrei dovuto avere paura di quel guerriero, ma la sua voce profonda e il suo modo chiaro di parlare me lo facevano sembrare più un leader, una persona molto civile nonostante il posto dove ci trovavamo, che una bestia.

Anche i suoi movimenti intorno al fuoco erano pieni di grazia, efficienti. Aveva posizionato più legna vicino, dove avrebbe potuto raggiungerla facilmente per darla in pasto al fuoco ed evitare che si spegnesse. Per un guerriero così brutale come sembrava, mi dava l'impressione di essere più intelligente della media, anche se la sua voce era bassa e gutturale, simile a quella di un animale selvaggio, quasi come se non la usasse spesso.

Mi sentii in pena per lui, ed immediatamente odiai me

stessa per questo. Non era lui, la vittima. Ero io. «Che diavolo di uomo si costruisce una casa all'interno di una caverna, come un animale?»

Rabbrividii quando vidi la sua ombra farsi più vicina a me, ma lui non fece altro che afferrare il cestello con l'acqua. «Penso che tu lo sappia, Sabine.» Mi sentii tremare da capo a piedi quando lo sentii pronunciare il mio nome, non trovando ancora una volta il coraggio di chiedergli come lo sapesse.

«Un barbaro?»

«Un emarginato.»

Quando tornò con più acqua nel cestello, il mio stomaco pieno mi diede coraggio.

«Ci deve essere stato un errore. Non puoi davvero pensare di tenermi qui. Cosa posso darti?»

Lui mi studiò, come decidendo cosa sarebbe stato il caso di dirmi. «Tu sei un regalo di tuo.»

Strinsi la pelliccia ancora di più intorno a me. «Che cosa hai intenzione di farmi?»

«Tenerti al sicuro, al caldo, e darti da mangiare.»

«Incatenata», dissi, facendo muovere la catena.

«Per adesso.»

Non riuscii a rispondere. Se mi avesse tolto la catena, sarei riuscita a scappare. Mi chiesi quale tipo di comportamento avrebbe potuto indurlo a ridarmi la mia libertà. Maddox sorrise, quasi come conoscesse i miei pensieri.

«Quindi sono il tuo animaletto domestico», lo accusai.

Lui non rispose, continuò soltanto a mantenere quel sorriso freddo mentre preparava il fuoco. Mi immaginai a toglierglielo dalla faccia a suon di pugni mentre cercavo di trovare nella mia testa una domanda che potesse metterlo alle strette.

«Non capisco cosa sta succedendo. Non sono nient'altro

che una normale ragazza del villaggio. Non ho nulla. Non sono niente.»

«Tu hai la magia.»

«Io non—»

«Non mentirmi.» Il suo sorriso svanì. «Non te lo permetto.»

«Non sto mentendo! Io coltivo erbe e preparo dei tonici che aiutano a curare le ferite. Che funzionino o meno dipende dalla Dea, non da me.»

«Non conosci il tuo stesso potere...»

«Hai commesso uno sbaglio.»

«Sarà il tempo a dircelo.» Chinandosi, afferrò la catena che mi teneva legata e la spinse verso di sé, alzando la roccia che la teneva come se fosse fatta di carta. Poi cominciò a camminare verso il fondo della caverna, dove tutto era buio.

«No!»Afferrai la catena e tirai, senza sortire nessun effetto. «Per favore. Per favore non farmi andare lì. Voglio restare nella luce.»

Ma, ignorando le mie preghiere, Maddox continuò a trascinarmi verso l'interno buio della caverna, per niente scalfito dai miei tentativi di evitare l'inevitabile. Alla fine mi ritrovai a sedere nell'oscurità, quasi vicina al permettere alle mie lacrime di uscire. Ecco cosa mi aveva portato a fare il mio rapitore. Mi aveva spostato di poco, più in fondo nella caverna, ma io avrei preferito restare fuori con la natura. Senza il Sole in faccia, sentivo le mie speranze di fuga svanire completamente.

«Non aver paura, piccola strega. Sei al sicuro, per adesso.» Disse, poi prese a camminare verso l'uscita.

«Aspetta!», mi alzai in piedi, la voce a rimbombare in quello spazio chiuso. «Stai andando via?» Il mio nemico era in quel momento l'amico più caro che potessi avere, nel buio.

«Sarai più al sicuro, qui, se io non ci sono.»

Dopo essersene andato, io mi sedetti in silenzio vicino al

fuoco, stringendo le mani. Il mio rapitore non mi aveva neanche ferita davvero, nonostante sembrasse più una bestia che un uomo. Forse sarei riuscita a sopravvivere. *Dovevo*, non solo per me, ma principalmente per Muriel e Fleur. Si sarebbero chieste cosa mi fosse successo, forse preoccupandosi per il mio destino e il loro. Erano più giovani soltanto di due anni, ma ero sempre stata io a prendermi cura di loro, a dare loro da mangiare, a tenerle al sicuro. Che cosa sarebbe successo a loro se io non fossi riuscita a tornare? Se—che la Dea potesse vegliare su di me—fossi morta in questo posto?

«Non morirò» mormorai a me stessa. Sarei riuscita a sopravvivere e scappare, e poi avrei avuto la mia vendetta contro quel guerriero dal sorrisetto antipatico che mi aveva portato in questo posto dimenticato dagli Dei contro la mia volontà.

Mentre il Sole calava oltre gli alberi, esplorai il posto dove mi trovavo per quanto la catena mi permettesse di farlo. Più in fondo dentro la caverna il pavimento era fatto di sabbia, e una predella era ferma in mezzo piena di coperte di pelliccia vecchie e maleodoranti. La puzza riempiva la caverna, ma il fuoco riusciva ad attutirne l'intensità. Tornai ad accucciarmi vicino alle fiamme più che potei, ringraziando il Cielo per la pelliccia che Maddox mi aveva dato. Almeno quella era pulita.

Mentre la Luna saliva più in alto nel Cielo, io pregai la Dea di tenere me e le mie sorelle al sicuro. I rumori provenienti dalla foresta mi arrivavano alle orecchie, compreso un pianto che sembrava chiamarmi da lontano, selvaggio e amorevole, e dolorosamente solo.

Mi addormentai con gli ululati dei lupi.

Quando mi svegliai era l'alba, ed immediatamente mi stiracchiai contro la roccia che mi teneva ferma. Maddox aveva lasciato un cestello pieno d'acqua fresca vicino a me. Non fu che dopo aver bevuto e aver rinfrescato la mia faccia, che mi accorsi di aver ricevuto un'altra visita durante la notte. Vicino alla roccia, dove avevo dormito, c'era un'impronta gigante, più grande della mia testa.

Non di un uomo.

Di un Lupo.

CAPITOLO 2

*M*addox mi trovò a respirare a fatica di fronte al fuoco, la catena a fare rumore ad ogni singolo movimento delle mie gambe.

«È venuto qualcuno», gli dissi, indicando l'impronta, poi chiusi le mani a pugno per farle smettere di tremare.

Lui si avvicinò e si piegò ad osservare l'impronta gigante di quel lupo. «Ti accetta. È un buon segno.»

«Buon... segno? Mi hai lasciata—*hai lasciato la tua curatrice*—alla mercé di una bestia pericolosa. Legata, senza possibilità di fuggire. Devi lasciarmi andare. O almeno darmi un'arma!»

«Non posso farlo. Un'arma non ti farà essere più al sicuro. È meglio che tu sia indifesa.»

«*Meglio?*», gracchiai. Avevo già cercato per tutta la caverna, dove riuscissi ad arrivare. Non c'erano rocce che fossi in grado di alzare ed utilizzare come armi, non c'era niente che avrei potuto utilizzare per combattere. Non potevo neanche raggiungere il fuoco abbastanza da accendere una torcia, per vedere chi si avvicinava. «Mi stai condannando a morte.»

«Darti un'arma non farebbe altro che provocarlo. Se deve essere calmato, deve essere fatto senza asce o spade.»

I miei pugni si strinsero di nuovo. Maddox era impegnato ad aggiungere più legno al fuoco, ed io presi a seguirlo a mia volta, per quanto la catena mi permettesse. «Questo non è un cane, che può essere ammaestrato. Questo è un Lupo, una creatura selvaggia e pericolosa!» dissi, e la mia voce rimbombò nella caverna.

«Eppure è anche mio amico. La Bestia lo ha sopraffatto alcune Lune fa, ma io sono certo che l'uomo dentro di lui sia ancora lì.»

Io deglutii. «La Bestia... è anche un uomo?» Avevo sentito parlare di creature simili—uomini che potevano trasformarsi in Lupi. Pensavo fossero nient'altro che storie raccontate per far spaventare i bambini troppo irrequieti per ascoltare le semplici ammonizioni di non avventurarsi da soli troppo in fondo alla foresta.

Ma adesso, di fronte a quel guerriero muscoloso e forte che era apparso dopo aver visto un Lupoper due volte, non ne ero più così tanto sicura.

Strinsi le labbra mentre andavo a studiare l'impronta del Lupo. La mia intera mano, a dita divaricate, era ancora fin troppo piccola per riempire tutta l'impronta.

Se ci pensavo davvero, le storie che ci venivano raccontate avvertivano che la Bestia che aveva dato a quei guerrieri quel grande potere poteva prendere il controllo delle loro menti.

«È questo il motivo per cui sono qui? È lui colui che devo guarire?»

Lui annuì, e mi sembrò quasi soddisfatto della mia comprensione. Avrei voluto strozzarlo per non avermi detto la verità immediatamente. Forse pensava che non gli avrei creduto, se non l'avessi prima visto con i miei occhi. E non ero certa di potergli dare torto. «Salvando lui, salvi tante altre vite. Quelle dei suoi uomini, del suo branco. Le vite delle tue sorelle e di tantissimi altri innocenti che potrebbero ritrovarsi presi dalla ferocia della Bestia.»

«Ma non mi darai nulla per combatterlo?»

«Sei una persona intelligente. Conosci le erbe, e i tonici che possono guarire.» I suoi occhi scesero velocemente sul mio petto, nascosto dalla pelliccia. «E hai la tua giovinezza, e la tua bellezza.»

Io scossi la testa. «Mi stai condannando a morte.»

In un battito di ciglia lui venne di fronte a me, uno sguardo infuocato negli occhi. Rabbrividii quando la sua mano si alzò, ma l'unica cosa che fece fu far scivolare un dito sulla mia guancia.

«Non ero molto lontano, ieri notte», disse. «Se avesse anche solo provato a farti del male, lo avrei ucciso. Ti proteggerò fino al mio ultimo respiro.»

Io allontanai il viso dal suo tocco. «Mi hai incatenata qui per fare da esca ad un mostro.»

Lui fece cadere la mano. «Sì», ringhiò. «Sei un'esca, ma non per un mostro. È passata soltanto una notte, e hai già fatto uscire il mio amico fuori dalle tenebre. Sei l'unica che può salvarlo, Sabine. E a meno che tu non voglia che la Bestia prenda il sopravvento e si avventi sull'intera isola... devi salvarlo.»

* * *

SEDETTI A RIMUGINARE sulle parole di Maddox mentre lui si occupava del fuoco. Quella volta aveva portato pesce, e me ne porse uno per cominciare a mangiare.

«Perché non ucciderlo e basta? L'hai detto anche tu che faresti di tutto per proteggermi da questa bestia. Perché non distruggerlo, e poi liberare me e le mie sorelle? Potremmo vivere tutti in pace, finalmente liberi dal mostro.»

«Ragnvald.»

«Cosa?»

«Il suo nome è Ragnvald.» Il suo tono era duro. «Avrei potuto ucciderlo tantissime volte. Una volta si è inginocchiato di fronte alla mia spada e ha poggiato la gola sulla lama, pregandomi di farlo.»

Il mio cuore si strinse. «Perché non hai fatto scorrere la lama?»

«Perché il nostro legame è più profondo di quello di qualsiasi altro fratello. E devo provare a salvarlo.»

Presi a giocherellare con le ossa del pesce che avevo finito di mangiare, non riuscendo a guardare il mio rapitore negli occhi. La sua voce era così calma, ma il dolore nei suoi occhi mi rendeva chiaro quanto fosse distrutto e disperato.

«Se fosse stata una delle tue sorelle, Sabine... non avresti fatto lo stesso?»

Avrei voluto odiarlo. Avrei voluto odiarlo con tutta me stessa, ma più parlavo con lui, più imparavo a conoscerlo, più mi rendevo conto che non c'era nulla di crudele in lui.

«Farei qualsiasi cosa per le mie sorelle.»

«Bene.» Tirò le ossa del suo pesce dentro il fuoco. «Guarisci il mio amico.»

* * *

DORMII A TRATTI, quella notte, alzando la testa di tanto in tanto per vedere se il Lupofosse già tornato. Ragnvald non venne mai. Per quando si fece l'alba ero esausta, e mi rannicchiai in una piccola palla, pregando che la Dea venisse a salvarmi.

Quando mi svegliai e stiracchiai, la mia gamba era più leggera. Mi sporsi in avanti, e scoprii di non essere più legata.

Senza stare ferma a chiedermi come fosse successo, mi alzai in piedi e presi a correre verso l'uscita della caverna.

Ero già arrivata alla foresta quando sentii Maddox urlare. «Sabine, no!»

Le mie gambe presero a correre più veloci, portandomi verso la foresta. Il vento mi colpì la faccia, le braccia, ed io continuai a correre, le mie orecchie piene soltanto dei miei respiri corti e affannati.

Un ringhio dietro di me mi fece quasi fermare dal terrore. *Il bosco è pieno di mostri*, mi aveva detto Maddox, e quel suo avvertimento risuonava adesso nelle mie orecchie.

Una figura scura fermò la mia corsa.

Io cambiai immediatamente direzione, correndo selvaggiamente, entrando dentro l'acqua del torrente e trattenendo un urlo quando sentii i miei piedi colpire le rocce che mi erano impossibili vedere.

Maddox mi prese proprio in quel momento, afferrandomi dalla vita, e ci portò entrambi fuori dall'acqua e nel terreno. Io mi agitai, urlando, le mie mani ad afferrare il terreno per riconquistare la mia libertà.

«Stai ferma, Sabine», ringhiò il mio nemico, e mi spinse contro il suo corpo, la mia schiena contro il suo petto. La sua mano mi prese la gola.

«No! No!» urlai contro di lui. Lui strinse, ma non abbastanza da fare male. L'altra sua mano strinse il mio bacino, e mi fece alzare. Io presi a stringere le braccia tatuate.

«Ti prego, lasciami andare. Non lo posso fare. Lasciami andare, per favore.»

«Stai ferma», disse di nuovo a bassa voce, e la mia schiena sembrò liquefarsi. Lentamente mi girò affinché lo guardassi negli occhi. Mi ritrovai a boccheggiare di fronte alla furia che gli leggevo in quegli occhi dorati. La mia morte era scritta lì dentro.

«Ti prego», sussurrai.

«Sh...», rispose lui, piegando la mia testa e poggiando la sua fronte sulla mia gola. Respirammo insieme, i miei due respiri frantici alla volta che corrispondevano ad uno suo, profondo.

Fu in quel momento che capii che qualsiasi Bestia tenesse in pugno il suo amico, teneva in pugno anche lui.

QUANDO MI LASCIÒ ANDARE, quasi mi feci inghiottire dal terreno dal sollievo. Lui mi prese, afferrando dolcemente i miei capelli nelle sue mani, usandoli come monito per farmi andare avanti. Quasi piegata in avanti, feci attenzione ad utilizzare bene i miei piedi, troppo spaventata che mi prendesse e mi portasse lui se non avessi camminato bene.

Ma quando alla fine inciampai e lui si girò verso di me più veloce della luce, per acciuffarmi e stringermi tra le sue braccia, non ci fu nulla che potessi fare. Io mi accucciai contro di lui, il mio più grande nemico in quel momento l'unico a potermi dare conforto.

Una volta dentro la caverna, lui mi rimise a terra lentamente, e non mi lasciò andare fino a quando la catena non tornò intorno alla mia caviglia. Nel momento in cui mi lasciò andare, io portai le ginocchia al petto e vi nascosi sopra la faccia. Chiusa in una piccola palla, lasciai cadere le lacrime sul mio viso.

Quando alzai la testa Maddox era inginocchiato di fronte a me. La luce nei suoi occhi si era fatta meno intensa. Non sembrava arrabbiato, solo... triste.

In qualche modo, la delusione che leggevo nei suoi occhi era difficile da digerire.

«Dovevo provarci. Dovevo...» spiegai, non riuscendo a capirne il perché.

Lui non rispose.

«Ti prego... ti prego, dì qualcosa.»

Lui si avvicinò a me, ed io rabbrividii per un attimo, ma l'unica cosa che fece fu prendere la mia gamba. Poggiando il mio piede su di lui, prese un po' d'acqua dal cesto vicino e cominciò a pulire la mia gamba dal fango e dalle foglie. Notai solo in quel momento i tagli nelle mie braccia e sul mio piede, mentre li puliva e li copriva di unguento.

«Mi dispiace» disse, la voce roca come se non la usasse da anni. «Ho perso… il controllo.»

La paura portò indietro il mio carattere. «Mi hai avvertito dei mostri che c'erano fuori. Avrei dovuto immaginare che il più pericoloso di tutti eri proprio tu. Tu… e il tuo amico dentro la caverna.»

Ignorando il suo silenzio ferito, io tolsi la gamba da sopra il suo corpo. Era ancora il mio nemico. Avrei fatto bene a ricordarmelo.

Maddox mise per terra una pelliccia su cui avrei potuto mettere la mia gamba, e un cestello pieno d'acqua fresca accanto a me.

«Perché fingi che t'importi?»

«Tu sei la nostra ultima speranza.»

Io abbassai la testa un'altra volta, non riuscendo più a guardarlo. Le sue mezze verità equivalevano ad uno schiaffo in faccia.

Quando si piegò per finire di prendersi cura della mia gamba, io mi allontanai.

«Non mi toccare. Io ti odio», dissi, e mi resi immediatamente conto di suonare come una bambina petulante.

«Odiami quanto ti pare», disse Maddox con quella voce profonda, tremendamente chiara. «Non andrai da nessuna parte.» La sua mano si fermò sulla catena. «La tua libertà non vale quanto la vita del mio amico.»

Io sbuffai.

«Se sei una guaritrice, devi aver fatto un voto. O forse non t'importa, e ti occupi di guarire soltanto chi ne è meritevole ai tuoi occhi?»

Scioccata che potesse conoscere il voto che avevo fatto,

scossi la testa. «Io curerei anche il mio peggior nemico.» Mi maledissi quando mi accorsi della sua espressione trionfante. «Ma tu riponi troppa fiducia nelle mie capacità.» Che cosa sarebbe successo se avessi fallito? Mi avrebbe spezzato il collo come voleva fare solo qualche minuto fa?

La sua espressione si fece più dolce. Prese il mio mento tra le dita, e il calore si propagò immediatamente tra me e il suo corpo. Il mio cuore prese a battere più forte. «Mi fido di te.»

«Non abbastanza da liberarmi.»

«I boschi sono pericolosi.» Si fermò, guardando la catena con la fronte aggrottata, quasi chiedendosi come avessi potuto liberarmi.

«La catena non c'era più quando mi sono svegliata.» Maddox aveva piegato la catena d'acciaio come fosse nulla nelle sue mani. Quale uomo normale poteva essere così forte da riuscirci?

Maddox si sedette sui talloni, toccando la catena. «Ragnvald. Sta giocando.» Sorrise. «Abbiamo un vincitore.»

«Perché mai mi avrebbe liberata?», chiesi. Il mostro era venuto nella notte per togliermi le catene. Non lo avevo neanche sentito, tantomeno avevo sentito il suo tocco sulla mia pelle. Mi sentii pervadere dal freddo al pensiero, e quando Maddox si rese conto che stavo tremando strinse di più la pelliccia sul mio corpo.

«Pensa di non meritare di essere salvato. E questo è abbastanza per provarci che invece lo merita, e che non è andato per sempre.»

* * *

MADDOX MI STETTE VICINO mentre il mio corpo tremava per il panico. Esausta, mi coricai per terra e cercai di non pensare troppo al fallimento di quella mia fuga. Ovviamente il mio rapitore, con i suoi muscoli forti e la sua velocità, sarebbe riuscito a prendermi. Provai a dimenticare la sensazione delle sue braccia intorno al mio corpo.

«Devo andare», disse Maddox. «Tornerò prima del crepuscolo. Ragnvald è abbastanza sano di mente da proteggerti, e abbastanza sano di mente da rendere la caverna sicura per te.»

Io mi rifiutai di rispondere. La mia unica speranza era che Ragnvald provasse ancora una volta a liberarmi.

Maddox però riprese a parlare, come fosse in grado di leggere i miei pensieri. «Ragnvald non ti toglierà più le catene. Le nostre menti sono nuovamente legate. Adesso capisce quanto tu sia importante.»

Restai coricata per tutto il giorno, pensando a quella sua frase così criptica. Per lo più mi lasciai andare a piccoli riposini, il mio corpo troppo stanco dopo tutta l'adrenalina che mi aveva investita.

Maddox tornò per il crepuscolo proprio come aveva promesso, ed io ero coricata con gli occhi socchiusi, a guardarlo.

Quando si avvicinò a me con una ciotola di stufato, io mi girai dall'altra parte, dandogli le spalle, allontanandomi dal cibo.

«Devi mangiare.»

«No, non voglio.»

L'odore dello stufato mi rendeva difficile l'impresa, ma continuai a non muovermi. Dopo qualche minuto, Maddox si mise di fronte a me.

«Sabine.»

«Non posso fuggire, ma questo non significa che non posso fare niente. Posso rifiutarmi di bere e mangiare. *Morire*, solo per farti un dispetto.»

«Non lo faresti.»

Io girai la testa di scatto per guardarlo negli occhi. «Tu

non mi conosci. Sai il mio nome, ma non hai idea di che persona sono.»

Maddox si avvicinò a me. I suoi tatuaggi formavano un sentiero affascinante, messi tutti insieme quasi a raccontare una storia. Una mano prese una ciocca dei miei capelli, e si fermò a toccarla senza rimetterla a posto. Tenne la presa salda sui miei capelli come fossero un'arma, una sua proprietà. «Ti ho osservata per molto tempo, Sabine. Ti conosco meglio di quanto tu creda.»

Alzandomi, tolsi i capelli dalla sua presa, lasciando qualche filo dentro i suoi pugni.

«Allora dovrai sapere che la mia forza di volontà è tanta —tanta abbastanza da fare come ho detto.»

«Ma non lo farai. Resterai sana e in forma, e farai come ti dico.»

«Perché mai dovrei?»

«Perché se non lo fai, le tue sorelle gemelle saranno le uniche a pagarne il prezzo.»

Si alzò, allontanandosi da me, ed io mi sentii pervadere dal terrore. «Che cosa vuoi dire? Che cosa hai fatto alle mie sorelle?»

«Sono con i miei uomini», disse. «E sono al sicuro. Per adesso. E non verrà loro fatto alcun male, se obbedisci.»

Io scattai contro di lui fino a quando la catena non mi tirò indietro. «Sei un codardo! Vieni e prendi delle ragazze innocenti—»

Fu così veloce e silenzioso che non mi accorsi di lui fino a quando non sentii le sue mani sui miei polsi, costringendoli giù. Io combattei per liberarmi dalla sua presa. Cercai di dargli un calcio, e per poco non persi la gamba a causa della catena. Maddox mi fermò e mi strinse tra le sue braccia, imprigionando il mio corpo tremante contro il suo.

«Sabine. Stai ferma.» La sua mano si chiuse sotto la mia testa, e strinse lievemente in avvertimento. La sua presa non faceva male, ma io mi ritrovai a congelarmi sul posto, ricordandomi il modo in cui aveva quasi perso il controllo prima. «Brava, bimba», mormorò, incoraggiandomi a lasciar perdere. Mi strinse più forte. «Ti tengo io.»

Tutta la mia forza sembrò lasciare il mio corpo in quell'esatto momento. Venni presa dalla disperazione, una sensazione così fredda che, in qualche modo perverso, mi fece apprezzare il calore emanato dal corpo duro del mio rapitore.

«Devi imparare a capire quando è il caso di combattere e quando no, piccola strega», mormorò nel mio orecchio. «Le tue sorelle sono al caldo e nutrite. Non verrà fatto loro alcun male, e lo stesso vale per te, se obbedisci.» Le sue braccia si strinsero più forte sul mio corpo, ricordandomi quanto fossero forti. «Non mi andare contro. Non finirà bene per te.»

Era tutto finito. Avevo perso.

Tremante tra le sue braccia, provai a pensare e pensare, ma non c'era via d'uscita. Brenna si era occupata di noi sempre, ma lei non c'era più. C'era solo una persona che poteva salvarci, e quella persona ero io.

«Capisci?»

«Sì.»

Lui mi lasciò andare, ed io sarei caduta per terra se lui non mi avesse portata dolcemente giù. Sedetti senza muovermi mentre Maddox sistemava il fuoco. Quando il legno fu tutto sistemato, venne a sedersi accanto a me.

«D'accordo», sussurrai. «Lo farò. Farò ciò che mi dici.»

Lui mi porse la ciotola con lo stufato, e mi guardò per assicurarsi che buttassi giù tutto quanto.

Guardai il Sole tramontare con occhi lucidi, sbattendoli contro Maddox quando lo vidi tornare nella caverna coperto di pellicce tutte sue. Si sedette a qualche metro di distanza da me.

«Resterò con te, stanotte. Non stai abbastanza bene per curare la bestia, in questo momento.»

Prima che si facesse buio io chiusi gli occhi, sussurrandomi la ninna nanna che cantavo sempre alle ragazze. Tre volte di seguito, una per ognuna delle mie sorelle, e poi mi strinsi su me stessa e provai a dormire. Il giorno dopo non mi sarei più permessa di risultare impaurita, o di avere brutti pensieri. Se volevo sconfiggere il mio nemico, avrei dovuto essere intelligente.

Sognai di sentire due voci parlare vicino a me, echi sussurrati portati a me dal vento. La voce profonda di Maddox, ed una ancora più profonda, roca come se non fosse stata utilizzata da fin troppe Lune.

È così piccola.

Sì, ma molto vivace.

È passato così tanto tempo, Fratello... ma adesso possiamo sperare di nuovo.

Forse, aveva detto la voce di Maddox. *Dipende tutto da lei.*

CAPITOLO 3

«Quindi, se lo calmo, ci lascerete andare?» chiesi al mio rapitore dai capelli scuri il giorno dopo. Lui sembrava d'umore giocoso, e mi aveva portato la colazione con un sorrisetto, chiamandomi "Mia signora". Mi aveva anche portato dei fiori. Come se io potessi cadere ai suoi piedi con un piccolo mazzo.

«Forse», disse con un sorrisetto da Lupo. «Forse tu non vorrai più andare via.»

Il mio sguardo disse più di mille parole, e lui rise.

Mi alzai in piedi, le guance rosse di rabbia. «Devi portarmi dalle mie sorelle. Voglio vedere con i miei occhi che stanno bene.»

«I miei uomini le stanno tenendo al sicuro. Le ho visitate prima di tornare qui, e posso darti la mia parola—»

«Non m'importa della parola di un uomo che mi ha incatenata dentro la caverna di una bestia. Non hai nessun onore.»

Il suo sorriso andò via, sostituito da un'espressione fredda.

«Fai attenzione alle parole che usi, piccola strega.»

«Non chiamarmi così.»

Lui cominciò a camminare verso di me, e il vuoto nei suoi occhi mi fece così paura che, contro la mia volontà e i miei buoni propositi, mi ritrovai ad indietreggiare.

Fece scivolare lo sguardo su e giù sul mio corpo, ed io strinsi ancora di più la pelliccia su di me. Lui si fece pericolosamente fermo, e i suoi occhi mi guardavano come fossi la preda. Aspettò che fossi io a distogliere lo sguardo per prima.

«La tua rabbia è una buona cosa, Sabine. Ma dovresti usarla per fare il tuo lavoro.»

Quando si girò, io scacciai via le lacrime inutili che mi bagnavano il viso.

«Aspetta.» Mi assicurai che la mia voce fosse disperata abbastanza per farlo fermare. «Magari ho qualche capacità con le erbe, ma cosa potrebbe mai fare una semplice ragazza del villaggio contro un mostro? Cosa devo fare?»

«Se sapessi cosa c'è da fare, non pensi che avrei provato da solo? La profezia ha detto soltanto che c'è una donna in grado di calmare la Bestia dentro di noi.»

«Ma io non so niente di come si cura qualcosa che non comprendo. Almeno dimmi che cosa è.»

Sedendosi di fronte a me, per un attimo sembrò prendere le sembianze di un poeta. La sua voce profonda raccontò la storia in maniera perfetta, e mi chiesi se un tempo, prima di diventare un guerriero, lui non avesse passato la sua vita alla Corte.

«C'era una volta un re di nome Harald Fairhair, che desiderava regnare su tutta la Via del Nord. Per sconfiggere i giullari—i conti ed i capi tribù—lui trovò una strega che potesse trasformare i suoi guerrieri migliori in guerrieri più forti. E la strega li maledisse, e li trasformò in Berserker: guerrieri che combattevano con ferocia impossibile da frenare, e che uccidevano qualsiasi cosa intralciasse il loro cammino. Entrava in battaglia vestiti solo di pelli animali, e spade o asce non facevano nulla contro di loro. Nessuno poteva vincere, contro di loro.» Perso nella storia, gli occhi di Maddox presero a bruciare di una luce fuori dal tempo.

Io deglutii, ricordando in quel momento l'impronta gigante vicino a me. «Quindi Ragnvald e i suoi uomini sono Berserker... uomini in grado di trasformarsi in lupi.»

«Non soltanto lupi. C'è una terza forma, tra lupo e uomo —un vero mostro. In quella forma, Ragnvald ed i suoi guerrieri hanno combattuto per portare Harald Fairhair al trono. Ma c'è un prezzo da pagare, come per tutta la magia. Perché trasformarsi mangia la tua mente, e dopo un po'... non resta nient'altro che rabbia.»

Sbatté più volte le palpebre, poi tornò in sé. «Ragnvald e il suo branco di Berserker sono arrivati in quest'isola come mercenari, e fu lì che li conobbi. Per oltre un secolo, la bestia era stata soddisfatta dal ciclo infinito di guerre a nome di Re insaziabili, ma quando arrivò la pace... scoprimmo in tutto e per tutto cosa significasse quella maledizione.» La sua voce si fece amara. «Possiamo sconfiggere armate intere e lasciare il suolo come se non fossero mai esistite, ma la bestia che ci rende così forti necessita di sangue. Se presi dalla ferocia Berserker, non riusciamo più a distinguere un amico da un nemico.»

Dopo un silenzio intriso di dolore, continuò. «Non c'è una vita normale, per noi. Il branco ha delle regole ferrate su come evitare che la rabbia prenda il sopravvento, ma anche in quel caso siamo da soli. Non abbiamo una casa, non abbiamo una famiglia. È troppo rischioso. Come nostro leader, Ragnvald ha sempre fatto di tutto per tenere il branco insieme. Ma con gli anni il suo controllo è andato svanendo. E quando cade per davvero...»

«La bestia prenderà il controllo sulla sua mente completamente, e il branco intero lo seguirà?»

«Se vuoi avere paura di qualcosa, Sabine... abbi paura di

ciò che succederà se la bestia ci consuma. Perché sarà in quel giorno che finirà il mondo.»

Un brivido percorse la mia schiena a quel suo tono freddo. Se anche un uomo reso duro dalla guerra sembrava spaventato, cosa avrei mai potuto fare io?

«Ma cosa posso fare?»

«La profezia ha detto soltanto di portarti qui. Non ha detto nulla su ciò che dovresti o non dovresti fare.»

Io colpii il terreno. «Ma questo non mi aiuta per niente. Mi dici che posso morire, e rapisci le mie sorelle per farmi fare qualcosa che non sai neanche cosa sia, e poi... poi cosa? Cosa devo fare?»

Lui si limitò a scrollare le spalle.

Cercai con tutte le mie forze di non farlo arrabbiare di nuovo, ma quando lui lasciò la caverna per uscire io presi un po' di sabbia e gliela tirai dietro. Voleva la magia? Gli avrei mostrato ciò che Sabine, la ragazzina che prendeva erbe dal villaggio, poteva fare. Avrebbe visto quanto poco potere io avessi davvero, e a quel punto mi avrebbe liberata.

Una parte di me mi sussurrò ciò che sapevo dentro di me fosse vero: se anche avessi fallito, lui non mi avrebbe lasciata andare. Ma spinsi via quel pensiero e camminai verso il grande letto, presi le pellicce maleodoranti e le gettai più lontano possibile, verso la bocca della caverna. Poi gettai l'acqua che era rimasta dentro il cestello sulla predella che doveva fungere da letto, per lavarla. Maddox tornò trovandomi intenta a strofinarla con uno straccio.

«Ho bisogno delle mie erbe. E acqua calda, tantissima.» Alzai il mento alle sue sopracciglia aggrottate. «Vuoi che faccia il mio lavoro? Allora dammi ciò che ti chiedo.»

Dopo un momento di silenzio, lui semplicemente chinò il capo e andò via, ritornando con ciò che gli avevo chiesto. Esitai un attimo prima di prenderlo, nonostante fossi contenta di vedere qualcosa che conoscevo. Ma vedere le mie cose personali nelle mani di Maddox rese semplicemente più vero quanto fossi prigioniera.

Lo ignorai mentre sistemavo le mie erbe. Maddox si trovò qualcosa da fare altrettanto, portando via le pellicce sporche. Quando finì gli dissi che avevo bisogno di far bollire l'acqua, e lui sparì di nuovo.

Mentre era fuori, io sparsi le erbe che potevo bruciare in giro, per purificare l'aria. La caverna sarebbe stata pulita, non soltanto da polvere e fango ma anche da spiriti maligni, che tempestavano l'aria. Per quando Ragnvald sarebbe tornato da me, la caverna avrebbe avuto l'odore tipico di quando c'è una donna in giro. Avrebbe odorato di casa.

Più tardi quel giorno, Maddox tornò con una grande pentola di acciaio. La mise direttamente sul fuoco, e la riempii con diversi secchi che aveva riempito al torrente. Nemmeno una volta lo sentii lamentarsi di tutto quel lavoro.

Immagino che mi sarei dovuta sentire grata, anche se avrei preferito essere slegata. Almeno aveva mosso la roccia un po' più vicina al fuoco, per poter usare l'acqua.

Per quando venne la notte, io avevo pulito tutto quanto, e Maddox aveva poggiato sulla predella delle pellicce nuove e pulite. Salvia essiccata e qualche candela di cera d'api bruciavano ad ogni angolo della caverna e dietro il letto. L'odore delle candele si mischiava a quello dello stufato che Maddox aveva fatto.

Con tutto il lavoro che avevo fatto quel giorno, mi addormentai subito dopo aver riempito il mio stomaco.

Quando mi svegliai sentii calore intorno a me. Maddox mi aveva stretto nelle pellicce nuove, e mi aveva fatto distendere sul letto pulito. Ma adesso del pelo morbido mi carezzava la guancia. Io alzai la testa, e d'un tratto mi pietrificai.

Alla fine del letto, una figura nell'ombra era seduta di fronte al fuoco. Era lunga e magra, più magra dei soliti guerrieri, ma in qualche modo altrettanto potente. La luce bassa del fuoco illuminava i suoi capelli biondi.

«Ragnvald?», sussurrai.

Lui girò i suoi occhi su di me, pozzi profondi colorati d'oro.

Deglutii la mia paura. «Benvenuto, mio signore.»

Lui si alzò, avvicinandosi al letto, nudo se non per un piccolo perizoma intorno alla sua vita, che gli copriva le parti basse. Ragnvald era l'uomo più alto che io avessi mai visto, più alto di Maddox. I suoi capelli erano puro oro, più vicini al colore del Sole dei miei, e cadevano non lavati in piccoli nodi fino alle spalle.

Il mio cuore sprofondò sempre più nel petto ad ogni suo passo. Io aspettai in silenzio, ma lui non fece altro che girarsi e tornare nella parte più scura della caverna. Il rumore di metallo che sbatteva mi fece girare di scatto, ed io guardai la mia catena. Fu con choc che realizzai che anche lui era incatenato.

* * *

«Lo hai legato», dissi subito a Maddox quando tornò all'alba. Mi ero alzata per sistemare le erbe, e per aggiungere legna al fuoco. Il guerriero tatuato era arrivato poco dopo con altra legna, e anche se non stava sorridendo, sapevo che era contento del mio lavoro. «È venuto da me ieri notte, ed indossava una catena proprio come la mia.»

«No, non come la tua. La sua è più lunga, e attaccata molto più dentro la caverna. Tu hai meno corda.»

Mi accigliai al suo tono divertito.

«E il metallo che lo trattiene è stato toccato da una strega. Quando si è messo in esilio, abbiamo preso ogni singola precauzione possibile per assicurarci che non andasse in giro quando perdeva il controllo. Ma non lo terrà per sempre.»

Rabbrividendo, mi toccai le braccia, chiedendomi se sarei mai riuscita a dormire tranquillamente in questa caverna.

«Non avere paura, Sabine. Diventa sempre più se stesso, e quindi sempre meno pericoloso, ogni giorno che passa da quando sei qui.»

«Chi era prima della Trasformazione?» Mi ricordai del modo regale in cui Ragnvald si era seduto di fronte al fuoco, il potere dello sguardo che mi aveva gettato addosso.

«Un leader. Il figlio di un valoroso guerriero, un Lord rispettato. Sarebbe stato un grandissimo capo, se non fosse stato per la maledizione.»

Camminai avanti e indietro, percorrendo i passi fatti dalla bestia che mi aveva fatto visita la sera prima fino a quando la catena mi permetteva. «Dimmi di più di questa pazzia.»

«L'uomo e il lupo lavorano insieme. Ma la Bestia è pura rabbia, pura fame. E non è molto semplice da controllare. Un secolo o due passati a combattere contro i suoi istinti, ed ogni uomo si farebbe più debole.»

«Come posso aiutare?»

«Lo stai già facendo. Non avevo visto Ragnvald nella sua forma umana per diverse Lune. Due notti, e lui è già seduto e pronto a mangiare come un uomo.»

Indicò un punto dietro di me e, girandomi, mi accorsi che i piatti che avevo pulito ieri erano sporchi di nuovo. Ragnvald aveva mangiato lo stufato.

«Pensi che possa essere salvato?»

«Non posso averne la certezza. Ma se c'è qualcuno che può salvarlo, quella sei tu.»

* * *

MI PREPARAI per tutto il giorno, e quando alla fine calò la sera, io sapevo di essere pronta. Il fuoco bruciava alto, il fumo reso più dolce dai rami di gelsomino che avevo aggiunto. Avevo tolto lo stufato dal fuoco e all'interno avevo aggiunto delle spezie preziose che avevano fatto gemere Maddox quando lo aveva assaggiato. Le candele bruciavano agli angoli della caverna e intorno al letto, che avevo riempito di lavanda.

«Se trattiamo Ragnvald come una bestia, forse non tornerà più», dissi a Maddox. «Lo tratterò come un uomo.»

Coricata nel letto, aspettai, guardando il fuoco. Dovevo essermi appisolata, però, perché quando mi svegliai Ragnvald era seduto su una roccia non poco lontano da dove io stavo dormendo.

Mi alzai lentamente. «Buona sera, mio Signore.»

Come prima, lui non disse nulla, ma i suoi occhi sembravano meno vuoti e più pronti a guardarmi. Io mi alzai, muovendomi con attenzione come se il più piccolo dei rumori avesse potuto turbarlo. «Spero siate contento dei cambiamenti nella vostra casa», mormorai. Feci altri due passi e poi mi fermai, lasciando che il fuoco delineasse la mia silhouette. Mi ero preparata bene quanto avevo preparato l'intera caverna.

Mi ero lavata qualche ora prima, usando l'acqua che avevo riscaldato sul fuoco, dopo aver mandato via Maddox. Le erbe che avevo messo nell'acqua avevano lasciato la mia pelle profumata e soffice. Avevo poi tolto la pelliccia grossa, per mettere addosso qualcosa di più leggero che avevo lavato e che profumava come me. I miei piedi erano scalzi, e avevo lasciato i capelli sciolti.

Quando guardai Ragnvald di nuovo, la sua espressione affamata mi disse che i suoi istinti andavano ancora bene. Quest'uomo era abituato a cose di una certa eleganza— donne, case e cibi che aveva condiviso con uomini che poi aveva fatto diventare dei Re. Magari quella notte avrebbe ricordato la vita che aveva perso.

Abbassai lo sguardo sul suo, incuriosito.

«Permettetemi di darvi il benvenuto come si deve. C'è del cibo, se vi va di mangiare, e del vino se vi va di bere. Sono felice di servirvi come meglio volete.» Ingoiai il groppo che avevo in gola. Neanche io ero certa di sapere quanto sarei stata pronta a donare a questo guerriero caduto.

Ragnvald continuò a non dire nulla, ma dopo un momento si alzò e aspettò che lo seguissi.

«Per prima cosa, mio Signore, magari vi piacerebbe farvi un bagno.»

Una grandissima vasca era poggiata vicino al fuoco—grande abbastanza da far entrare un uomo e permettergli di sedersi fino ad immergere la vita. Quando avevo spiegato a Maddox cosa volevo, lui si era lamentato, ma era andato comunque ed era poi tornato con una grossa roccia aperta. Non mi aveva detto dove l'aveva trovata, e io non l'avevo chiesto. Guardarlo portare dentro quell'enorme vasca, con i muscoli tirati e in flessione, era stato uno spettacolo mera-viglioso.

«I Vichinghi non si fanno il bagno», mi aveva detto di ritorno dal settimo viaggio con in mano dei cesti pieni d'acqua.

«Ragnvald ha lasciato casa tanto tempo fa», avevo detto. «Se come hai detto ha il portamento di un leader—»

«Lo ha, puoi starne certa», mi aveva assicurato Maddox, interrompendomi.

«Allora è arrivato il momento di fargli ricordare il suo ruolo.»

Lui aveva alzato un sopracciglio, come a chiedermi "Qui, dentro una caverna?"

Ed io avevo scrollato le spalle. «Non posso portarlo alla Corte», avevo detto piccata. «Quindi porterò la Corte da lui.» Quella risposta era riuscita a far stare zitto Maddox per il momento. E ora avrei finalmente scoperto se tutto il nostro lavoro fosse stato fatto in vano.

Inchinandomi, portai una mano davanti a me per fargli cenno di andare avanti. «Dopo di lei, Lord Ragnvald.»

Nascosi un sorriso trionfante quando lo vidi andare verso la vasca. Impegnando il mio tempo con gli altri cestelli d'acqua, aspettai di sentire il rumore della catena che mi assicurava che stesse entrando in acqua. E solo quando era abbastanza coperto, io mi avvicinai a lui.

La pietra aperta era grande abbastanza da far entrare il suo corpo, ma nonostante questo un braccio pieno di muscoli era rimasto fuori.

«Se può farvi piacere, posso aggiungere ancora un po' d'acqua calda.» Alzai il cesto, e aspettai un suo cenno d'assenso. L'acqua fresca aveva un po' di erbe all'interno. Dopo averla aggiunta, lui ne prese uno e cominciò a giocherellarci mentre io cercavo di trovare il coraggio per continuare.

«Saponaria», dissi, mostrandogli i petali bianchi prima di schiacciarli tra le mie mani per formare la schiuma. «Li userò per pulirvi le braccia. Posso toccarvi?»

Cercai di tenere la mia voce allegra e forte, e forse ci riuscii, ma le mie parole mi rimbombarono nella testa solo dopo averle dette. Ragnvald mantenne il mio sguardo nel suo per un lungo momento, ed io strinsi i denti, costringendomi a non distogliere il mio. Annuì un'altra volta, e solo allora abbassai lo sguardo. Muovendomi con lentezza, imitando la grazia gentile che mia sorella Brenna aveva sempre avuto, mi avvicinai a lui e toccai il suo braccio.

In un attimo, la sua mano si mosse e toccò il mio polso, non tanto forte da farmi male, ma forte abbastanza da farmi tremare.

«Se permettete, mio signore, posso lavarvi.»

Lui mi guardo negli occhi, i suoi selvaggi. Pregai in quel momento che riuscisse a vedere quanto semplice fossi, vestita con una semplice casacca leggera, a piedi scalzi e incatenata come una schiava, pronta ad aspettarlo. Innocente.

Incapace di difendermi. Non avevo armi, e non avevo modo di scappare da lui, non avevo modo di fare nulla.

«Per favore», mi leccai le labbra. «Voglio soltanto aiutare.»

La sua presa si fece più forte, e lui mi spinse più vicina. Io lo lasciai fare senza dire nulla. Avrebbe potuto spezzarmi il collo in quel preciso momento, anche se mi staccavo, e una corsetta che sarebbe finita nel momento in cui sarebbe finita la lunghezza della mia catena avrebbe potuto fare poco per salvarmi. Trattenni il fiato mentre le dita di Ragnvald tracciavano la linea della mia fronte, per poi scendere giù, giù, giù fino al mio polso un'altra volta. Il mio braccio sembrava così fragile, contro il suo. Contro la sua mano forte. Carezzò la pelle soffice del mio polso con tenerezza, e per un momento riuscii a vedere la creatura che era davvero—un uomo consumato per troppo tempo dalla bestia, che stava tornando piano piano ai suoi sensi.

Quando lasciò andare il mio braccio per mettere il suo sul bordo della vasca, io presi un lungo respiro e poi cominciai a lavarlo. Mi lasciai andare a movimenti lenti, toccandolo. Sotto mia richiesta andò sott'acqua, per poi emergere di nuovo colante. Qualsiasi accenno di sporcizia andò via sotto le mie cure. Cercai di far finta che fosse nient'altro che una statua, ma il suo petto che si alzava ed abbassava sotto la mia mano rendeva l'impresa impossibile. I muscoli resi duri dalle numerose battaglie sarebbero stati perfetti, se non per le numerose cicatrici che li tagliavano di tanto in tanto. Non potei fare a meno di tracciarne una che sembrava terribile sul lato, ed immaginai la grande spada che gliel'aveva procurata. Qualsiasi nemico Ragnvald avesse dovuto combattere contro quel giorno, ne era uscito sconfitto contro di lui, e quella cicatrice era la sua medaglia, la dimostrazione che era lui il più forte dei guerrieri. Anche in quel momento, nudo e piegato dentro una vasca, si lasciava toccare come fosse stato

41

abituato ad essere lavato da altri. Se non fosse stato per la catena, non avrei avuto problemi a vederlo come un vero e proprio Re.

Mantenni lo sguardo basso, ma sentii il suo prendermi tutta. Quando mi sporsi in avanti per lavare il suo petto, le sue dita tracciarono la mia clavicola, entrando dentro il sottile tessuto che avevo addosso per accarezzare l'osso sensibile proprio sopra i miei seni. Quando mi ritirai, la mano di Ragnvald seguì il mio corpo, toccando la mia spalla, esplorando il mio braccio. Mentre lavoravo tutt'intorno a lui, la sua mano non lasciò il mio corpo neanche per un secondo. Le sue dita eleganti giocarono con la mia pelle, rubando la mia attenzione, facendomi mancare il respiro.

Non venivo toccata così da tantissimo tempo.

Con voce roca gli chiesi, «Se vi sporgete in avanti, posso lavare la vostra schiena.»

Lui fece come chiesi, e mentre mi sporgevo guardai il mio corpo, realizzando solo in quel momento che l'acqua aveva fatto aderire il vestito al mio corpo. Avevo addosso soltanto una leggera stoffa e nessun'arma, eppure in quel momento mi resi conto che ero praticamente nuda.

Quando il movimento della mia mano si fece più lento, Ragnvald si girò. Io feci automaticamente un passo indietro, ma lui prese soltanto la saponaria per lavarsi le gambe. Io mi occupai dei suoi capelli, lavandoli con cura, sollevata al pensiero di non doverlo lavare per intero. Era un gioco pericoloso, quello al quale stavo giocando, con un uomo per niente stabile. Dovevo essere uscita fuori di senno, offrirmi su un piatto d'argento ad un guerriero brutale che non aveva visto una donna per così tanto tempo. Non avrebbe dovuto neanche sforzarmi per afferrarmi, portarmi sul pavimento sabbioso della caverna, prendersi il mio corpo e poi uccidermi una volta soddisfatto. Ero ancora intrappolata nella tana del Lupo, e avevo bisogno di ricordarmelo, non importava quanto bella fosse la sua faccia.

Nel momento in cui le mie mani lasciarono i suoi capelli pieni di schiuma, lui si immerse nell'acqua. Io mi scostai così da fargli spazio, e quando finì di sciacquarsi si alzò interamente, ed uscì dalla vasca. L'acqua cadeva a gocce sul suo corpo possente. Non riuscivo ad impedirmi di guardarlo, fresco di bagno e in tutta la sua gloria nuda. La mia faccia si fece rossa, ma mi ricordai di essere una donna coraggiosa: ero stata a letto con degli uomini, li avevo già visti nudi e intenti a farsi il bagno. Non c'era niente di cui vergognarsi.

Ma il mio cuore prese a battere più forte quando lo vidi avvicinarsi a me.

«Dovrei sciacquarvi», sussurrai. «C'è ancora dell'acqua calda, se volete.»

La fredda aria della notte fece inturgidire i miei capezzoli. Le dita di Ragnvald danzarono sul collare della veste bagnata che avevo addosso, ed io smisi di respirare. Quando staccò i due fili che la tenevano legata insieme, io la lasciai cadere nell'acqua e non cercai di coprirmi. Mi sentii pervadere dal calore. Ero nuda quanto lui, ma lui era in piedi e senza timore, io invece mi sentivo vulnerabile.

Si mosse attorno a me per prendere due tovaglie che avevo messo lì vicino per lui. Con una si coprì interamente oltre la vita, mentre l'altra la portò da me, avvolgendomela intorno al corpo subito dopo.

«Grazie», sussurrai.

Ragnvald alzò il mento e mi guardò. Le mie labbra si aprirono leggermente, in attesa, vogliose quasi, ma quando lui si chinò verso di me, mi voltò dolcemente la testa così che le sue labbra toccassero nient'altro che la mia guancia.

CAPITOLO 4

*L*a luce dell'alba illuminava le pellicce quando mi svegliai coperta da esse. I miei capelli erano ancora bagnati, prova che la notte passata con Ragnvald non era stata un sogno. L'avevo lavato davvero, lui mi aveva asciugato, e poi mi aveva portato a letto. Dopo il bacio sulla guancia mi aveva messo addosso le pellicce, e poi mi aveva guardata, una statua pallida come quella che avevo finto fosse mentre lo lavavo. Dovevo essermi addormentata, perché non ricordavo di averlo visto andare via.

Quando mi alzai, Maddox si alzò dal suo posto vicino al fuoco e venne verso di me. Senza parlare mi tolse le pellicce di dosso, e vidi i suoi occhi scurirsi quando notò l'assenza di vestiti sul mio corpo. Ero nuda.

«Ha—?»

«No. Mi ha a malapena toccata.» La mia mano si spostò sulla mia gola. Non sapevo perché stessi tremando. Maddox dovette vedere il tremore, perché mi spinse tra le sue braccia. Io mi aggrappai a lui, e la paura che avevo gettato nei meandri della mia mente la notte scorsa tornò in superfice con forza.

«Pensi... che avrebbe potuto...»

«No. Non lo pensavo... Non ti avrei lasciata da sola con lui se avessi pensato che avesse potuto farti qualcosa.» La sua mano mi accarezzò la testa. «Non ti ho portato qui per metterti in pericolo, Sabine.» La sua voce si fece più bassa, più profonda, ed io la sentii riverberare sul mio corpo dal suo petto. «Mai.»

«Lo so.»

«Mai più. Mai più, lo prometto», mi disse. «Non farò avvicinare mai più nessun altro che possa farti del male.»

La notte era passata. Io ero sopravvissuta. La scorsa notte Ragnvald aveva oltrepassato quella linea sottile ed invisibile, e da bestia si era trasformato in uomo, da follia stava per guarire. Ma anche io ero cambiata, e avevo accettato quello che Maddox aveva chiamato il mio destino. Era arrivato un nuovo giorno, ma... cosa significava? Che cosa sarebbe successo?

D'improvviso mi resi conto che non c'era più futuro, e non c'era più niente. Solo quel momento, e quell'uomo forte accanto a me.

Con dita esitanti tracciai i suoi lineamenti, la sua mascella delineata, carezzai le sue guance. Maddox rimase fermo, fino a quando non raggiunsi le sue labbra. Quando fui abbastanza vicina lui mi morse le dita con dolcezza, e il calore che mi investì all'improvviso lo fece sembrare come se avesse messo le labbra da tutt'altra parte.

Riuscii soltanto a respirare il suo nome. «Maddox...»

E la sua bocca fu sulla mia. Ci baciammo e lui si mosse, prendendo il controllo, la pressione sulla mia bocca a spingermi indietro. Io caddi sulle pellicce sotto di lui, gemendo silenziosamente quando una sua mano cominciò a scivolare sul mio corpo nudo. I miei fianchi si alzarono al suo tocco, e le sue dita si posizionarono sul mio centro, guardandomi negli occhi per chiedermi il permesso. Io non spezzai l'incantesimo e non dissi una parola, aspettai soltanto che le sue dita accarezzassero le mie labbra inferiori. Quando lo fece, io mi contorsi senza vergogna sulle pellicce.

Stava succedendo tutto così in fretta, eppure ne avevo bisogno. Ero stata sul punto di perdere la testa per così tanto tempo, e avevo bisogno del calore di un altro essere umano sul mio corpo, anche se quel calore proveniva da colui che mi aveva rapita. Strinsi il mio corpo contro il suo, la mia pelle disperatamente in cerca del calore della sua, come un fiore cerca il calore del Sole. Dita forti accarezzarono il mezzo delle mie gambe, e poi si agganciarono alla mia entrata bagnata. Alzai le gambe, occhi chiusi, e tutto in me smise di respirare. Questo era il tipo di tocco che avevo atteso ogni singolo mese, quando la Luna piena trasformava il mio desiderio in un Inferno senza fine, pronta a farmi perdere la testa.

«Sabine», sussurrò Maddox mentre le sue dita scopavano il mio calore bagnato.

I miei occhi si spalancarono di colpo.

Eravamo vicini alla Luna piena. Calore. Ero in calore.

Scostai via Maddox. Lui rispose immediatamente, tornando indietro e sistemandosi, ma invece di saltare su di lui come probabilmente si aspettava, io mi scansai.

«No», mormorai, ancora e ancora. «No.» Con le mani sul viso, mi spostai sul bordo del letto.

«Mi dispiace», dissi, e subito dopo sperai di non averlo fatto, perché lo prese come invito per farsi più vicino. Solo in quel momento, in qualche modo, ricordai di essere nuda, e mi spinsi una pelliccia sul corpo. Azzardai uno sguardo, e notai il dolore nei suoi occhi.

«Sabine, non devi avere paura di me.» Ma quando sporse una mano sulla pelliccia che mi copriva io feci un piccolo guizzo, e mi strinsi sul mio corpo. Era così grosso che riusciva a sovrastarmi. Se avesse voluto avrebbe potuto forzarmi a fare qualsiasi cosa, e avrebbe vinto lui.

Ma la verità era che nel momento in cui il Calore prendeva il sopravvento, non sarebbe stato forzato. Io non avevo paura di lui. Avevo paura di me.

«Per favore.»

Lui spinse il bordo della pelliccia una volta soltanto, non mettendoci neanche la forza di spostarla di un millimetro. Io la strinsi lo stesso più forte, e lasciai andare un piccolo suono, una preghiera. Il suo viso si fece scuro, e se ne andò dal letto senza più toccarmi.

Come se non avessi dormito per tutta la notte, mi rimisi a letto e cercai calore nelle pellicce. Dovetti addormentarmi ad un certo punto, le gambe strette l'una con l'altra, perché quando mi sveglia Maddox non c'era più, e al suo posto c'era un altro uomo seduto sul bordo del letto, il volto verso il foco.

Mentre mi alzai, lui si girò e sorride. Il mio respiro venne a mancare. Capelli dorati lunghi fino alle spalle, guance scavate, sopracciglia nobili, quello era Ragnvald, ma non era in quel modo che l'avevo visto la prima volta. Il guerriero dai capelli biondi sembrava sano e forte come Maddox. La trasformazione doveva andare molto più a fondo di ciò che riuscivo a comprendere. Aveva perso l'ombra che avevo visto nei suoi occhi, la carnagione pallida, e si teneva in piedi con sicurezza, senza nessun movimento esitante di un animale selvaggio alla fine della strada, intento a guardare la civiltà senza riuscire a farne parte. L'uomo che mi stava ora davanti era esattamente il capo che pensavo fosse.

«Buongiorno, Sabine» disse con voce abbastanza profonda, non quanto quella di Maddox, ma ricca e morbida, simile a quella di un Re.

«Sai parlare.»

«Non ci sono riuscito per molto tempo. Ma sembra che abbia in qualche modo ricordato come si fa.»

Un calpestio misurato ci interruppe. Maddox sapeva camminare silenzioso come un Lupodurante la caccia, quindi capii immediatamente che voleva farci sentire il suo arrivo.Ci ignorò mentre sistemava la legna per accendere il fuoco, un'espressione burbera in viso. Non ero certa di sapere se fosse arrabbiato con Ragnvald, oppure con me.

Dopo un momento perso a guardare Maddox muoversi rigidamente intorno al fuoco, Ragnvald si girò e mi fece un occhiolino. Il divertimento leggero e gentile nel suo viso mi confuse.

«Come hai dormito?»

«Bene, mio Signore. E voi?»

«Come mai prima.»

Spostandosi sul mio letto, si avvicinò a me. Io esitai. Quest'uomo—che talvolta prendeva le sembianze di un mostro—mi aveva già toccato la notte prima. Ma adesso mi sentivo molto più diffidente nei suoi confronti.

Ridacchiando divertito, Ragnvald fece cadere la sua mano. «Vedi, fratello? Rifiuta anche me.»

Maddox non disse nulla, ma smise di rigirarsi intorno al fuoco. Dopo un momento Ragnvald si avvicinò a lui, ed io notai che le sue catene non erano più intorno alle caviglie.

«Mio signore», dissi, ed entrambi i due si girarono. Io mantenni gli occhi su Ragnvald. «State meglio?»

«Sì. Abbastanza in salute da potermi disfare delle catene.» Il ceppo era fermo di fronte ad una delle mie candele di salvia. Al contrario del mio, su quello erano intarsiate varie rune.

«E adesso che succede? Potete liberarmi?»

Ragnvald fece una smorfia. «Temo di no, piccola. Il mio corpo sta guarendo in fretta, ma solo il tempo riuscirà a rinforzare la mia mente. Il tuo aiuto è necessario.» La sua voce si fece più profonda. «Ti sono davvero riconoscente.»

Io abbassai gli occhi, sentendo il mio corpo scuotere al suo mormorio così intimo. Non riuscivo a guardarli, nessuno dei due, uno scuro e l'altro chiaro, ma riuscivo a sentire i loro sguardi su di me e mi rendevano difficile l'impresa di restare con gli occhi sul letto. Con la crescita della Luna cresceva anche il mio desiderio. Una volta in Calore avrei dovuto fare qualcosa per tenermi a bada.

E se fossi ancora stata loro prigioniera, come avrei potuto fare a controllare il mio desiderio?

Maddox venne da me e si inginocchiò.

«Scappa via, se vuoi, piccola strega.» Con le sue mani aprì il ceppo e mi liberò dalle catene. Poi alzò la testa e mi scoccò un sorriso divertito. «Ci divertiremo ad inseguirti.»

Il mio cuore prese a battere forte nel petto, ed io alzai la testa. «Non scapperò. Le mie sorelle sono ancora con i tuoi uomini.»

Maddox afferrò un ciuffo biondo tra le dita. «È questo tutto ciò che ti tiene qui?»

«Di certo non è la comodità di questa caverna» scattai subito, ed entrambi risero. «Spero che almeno le mie sorelle siano tenute in posti più belli.»

Il sorriso svanì, e Maddox si allontanò. «Sono al sicuro e vengono trattate bene. Posso darti la mia parola.»

Dopo un cenno riluttante del capo, aspettai che si girassero per vestirmi e lavarmi la faccia. Loro si presero del tempo per arrostire il cervo, ed il mio stomaco brontolò all'odore che d'un tratto riempì la caverna.

Ragnvald si alzò, venendo verso di me e porgendomi una mano.

«Vieni a cenare con noi», mi invitò, come fossero cavalieri ed io la loro signora. Il modo in cui i loro sguardi restarono ancorati a me per tutta la cena mi portò a sistemare costantemente i capelli dietro la schiena, e a toccarmi le mani, ed io mi dissi che era il risultato del calore che scorreva nel mio sangue.

Se notarono le mie guance più rosse del normale, non mi diedero modo di capirlo. Parlammo di cose leggere e benigne, dal modo in cui Maddox cacciava per mangiare, alle erbe che avevo usato la notte scorsa per fare lo stufato.

«Me ne serviranno altre» dissi, sperando di poter uscire almeno un po' dalla caverna.

Maddox e Ragnvald si scambiarono degli sguardi così lunghi che sembrava quasi stessero conversando nella loro personale lingua che non richiedeva voce.

«Ti concederemo di andare fuori soltanto se uno di noi è vicino», disse Ragnvald.

«Non è sicuro per te uscire da sola», spiegò poi Maddox.

Io lasciai correre senza dire nulla. Un giorno sarei stata di nuovo libera, ma nel frattempo mi sarei preoccupata di far stare meglio il mio paziente. Ogni singolo sguardo che lanciavo a Ragnvald, poi, aveva il risultato parecchio piacevole e divertente di far arrabbiare Maddox. Praticamente mi ritrovai a sbattere le ciglia al biondo mentre chiedevo, «Cosa ti ha portato in quest'isola?»

Dopo tutta quella discussione, i convenevoli potevano anche essere lasciati.

«Soldi», disse Ragnvald dopo una pausa, come se cercasse le parole. «Eravamo mercenari, al servizio del Re.»

«Harald Fairhair?» dissi, ricordando il nome dalla storia di Maddox.

«No, lui era già morto quando il branco ed io siamo arrivati qui.»

Io aggrottai la fronte. «Sei più forte della maggior parte degli uomini, vero?»

«Di tutti gli uomini», mi corresse Ragnvald. «E della maggior parte dei mostri.»

«E allora perché non governare sull'isola? Hai la forza e le truppe per farlo.»

«Come può un uomo governare su altra gente, quando non sa neanche governare se stesso? No, *vala*. La foresta è tutto ciò che potrò mai chiamare casa.»

Restai in silenzio. Emarginato. Così Maddox aveva chiamato se stesso una volta. Il prezzo del loro potere maledetto.

«Una volta avrei voluto un regno, ma dopo tutti questi anni di battaglie, voglio soltanto stare in pace e dividere il mio futuro e la mia vita con una compagna», disse Ragnvald, e Maddox annuì. Io decisi di non approfondire l'argomento sul futuro e le compagne, e le due parole messe insieme. Non importava quanto il loro aspetto mi facesse bollire il sangue dentro le vene... quando tutto questo sarebbe finito, io sarei andata via.

«Tu sei un Vichingo... ma Maddox non lo è. Come vi siete incontrati?»

«Gli ho salvato la vita.»

Maddox sbuffò, e d'un tratto sembrò molto più giovane e divertito di quanto lo avessi mai visto. La trasformazione repentina mi fece perdere il respiro. Per un momento era bello tanto quanto Ragnvald.

«Non è così che me la ricordo io, la storia, fratello.»

Ragnvald inclinò la testa. «Okay, allora raccontala tu.»

Maddox prese subito il suo posto, e la sua voce da narratore fece capolino di nuovo. «C'era un Re—»

«Un buffone!», interruppe Ragnvald.

«Un parassita nel regno», sorrise Maddox, come fosse un vecchio scherzo. «Tagliò le gole dei suoi fratelli per ereditare le loro fortune e trovare i soldi per pagare te.»

«Dopo aver combattuto per Harald, ci ritirammo in queste isole e diventammo soldati in cerca di fortuna», spiegò Ragnvald. «Non importava per chi combattessimo, importava soltanto di prenderci il nostro bottino e di conquistare più terre possibili.»

«Almeno fino a quando un guerriero dalle buone maniere e dall'aspetto incredibilmente seducente—»

Fu il turno di Ragnvald di sbuffare.

«Si fece largo nel tuo branco.» Maddox alzò le sopracciglia.

«Puzzavi di torba e sangue vecchio. Ma non avevi paura. Sapevo che eri uno di noi. Un Berserker.»

«Li convinsi a combattere per la parte opposta. Non per i soldi, ma per divertimento. È stato un piacere mettere la testa di quel parassita su una picca.»

«Maddox cominciò a far parte del branco da quel momento in poi.»

«Dov'è il branco, adesso?» chiesi, e sperai di non averlo mai fatto quando le risate andarono scemando fino a diventare niente.

«Dieci leghe a ovest», disse Maddox piano. La sua fronte continuò ad aggrottarsi, e di nuovo mi chiesi se lui e Ragnvald condividessero una lingua segreta che solo loro sapevano parlare.

Il biondo alzò la mano.

«Dillo ad alta voce, fratello. Tanto vale che lo sappia anche lei.»

Maddox si girò verso di me. «Sono rimasti meno della metà. Li tengo accampati nelle scogliere vicino al mare. Quando la pazzia prende il sopravvento li portiamo ad incontrare il loro destino nelle rocce. La bestia può sopravvivere a tante cose, ma difficilmente riesce a non annegare.»

La carne diventò cenere nella mia bocca. Quei guerrieri erano fratelli in ogni modo, tranne che nel sangue. Vivere una vita così lunga soltanto per vedere i loro compagni andarsene uno ad uno doveva essere il loro personale Inferno. Non c'era da stupirsi che Maddox stesse cercando in tutti i modi di salvare il suo amico, e attraverso lui tutto il loro branco.

«Possono essere aiutati?», chiesi. «Voglio dire... posso aiutarli?»

«Lo hai già fatto. Salvando l'Alpha», disse Maddox, facendo un gesto con il capo verso Ragnvald, «porti il branco insieme, lo rendi più forte.»

Io annuii, arrossendo sotto i loro sguardi. Avevo parlato senza pensare a ciò che sarebbe servito davvero, per guarire un intero branco di uomini rotti, ma Maddox aveva ragione. Io ero una guaritrice, e avevo fatto un voto. Non potevo togliere il mio dono da chi stava soffrendo.

Ragnvald si alzò per primo. Si avvicinò a me, e lasciò un bacio sulla mia fronte. «Grazie, piccola *vala*.»

«Vala?» Mi aveva già chiamata così.

«Significa strega. Maddox ha ragione. Hai la magia dentro di te.»

Io aprii la bocca per protestare, ma le sue dita si posarono sulle mie labbra. «Non il tipo di magia che ha uno stregone, o una strega normale. I loro poteri richiedono sacrifici—umani o animali. Il tuo potere è una magia molto più profonda, naturale. Proviene dalla terra.»

«Richiede sempre del sacrificio», disse Maddox. «Ma ne richiede uno diverso.»

«Che tipo?»

«Sacrificare se stessi. E riuscire a sacrificare se stessi è la magia più forte che esista.»

Ragnvald si mise di nuovo dritto. Le ombre sotto i suoi occhi erano tornate nel momento in cui avevamo cominciato a parlare del branco, e non erano ancora andate via. «Devo darvi la buonanotte per il momento. Non andrò molto lontano.»

Con passi vecchi e lenti si ritirò nell'oscurità della caverna.

«Mi dispiace», sussurrai.

«Non hai niente di cui scusarti», disse subito Maddox. «Doveva sentir parlare del suo branco prima o poi. L'ho tenuto lontano da loro per proteggerli, ma forse ho reso le cose peggiori.» Si strofinò una mano sul viso.

«Perché se n'è andato, in questo momento?»

«Perché vuole il conforto del suo Lupo, e non vuole che tu lo veda Trasformarsi in questo momento. Ma tornerà, anche solo per restare vicino a te. Tu calmi la Bestia.» Maddox si sedette vicino a me. «Hai delle domande. Falle, Sabine.»

«Se Ragnvald si fosse trasformato, tu cosa avresti fatto?»

«Avrei provato ad ucciderlo. La catena lo avrebbe reso più debole, ma c'era comunque la possibilità che mi sconfiggesse. Se avessi saputo che la catena poteva reggere, l'avrei lasciato a morire. Isolarsi dal branco porta le nostre menti a farsi più deboli con più velocità. Un lupo solo è un lupo morto.»

Mi ricordai del lupo solitario che avevo incontrato di ritorno dal villaggio, che aveva fermato i miei passi verso casa.

«Maddox, come hai fatto a scoprire di me?»

«La strega che ha messo le rune nella catena ci ha detto di una razza di donne con poteri curativi. Streghe della Terra, le ha chiamate. Streghe emarginate. Non possono lanciare incantesimi nel modo tradizionale, ma hanno lo stesso un dono.»

Io toccai la carne nel mio piatto senza mangiarla. «E come facevi a sapere che avevo questo dono?»

«Per due ragioni. Perché abbiamo chiesto alla strega che ci diede la catena, e lei ci disse di una famiglia di donne di questo tipo. Tua nonna era una di quelle, ma lei era stata distrutta, bruciata viva. Siamo arrivati troppo tardi la prima volta, perché tua madre vi aveva già prese e portate nel villaggio che adesso voi chiamate casa. Mi ci sono voluti anni per trovarti, dopo di ciò. La magia di tua madre era troppo debole per lasciare traccia.» Poi mi scoccò uno sguardo improvvisamente caldo. «Ma quando tu ti sei fatta grande... il tuo odore è stato facile da seguire.»

Io mi schiarii la voce. «E dopo avermi trovato? Come potevi sapere che avevo il potere che serviva anche solo per provare a curare il tuo branco?»

«Perché ti ho osservata, Sabine. Per tanto, tanto tempo.»

* * *

RESTAI sveglia ben oltre il momento in cui Maddox si fece il suo piccolo letto sul pavimento, a guardare il suo petto alzarsi ed abbassarsi mentre si addormentava. Sapevo adesso il motivo per cui il guerriero tatuato mi aveva a malapena rivolto la parola, all'inizio. Quando la Bestia prendeva il sopravvento, era difficile per loro ricordarsi come si parlava. Adesso che potevamo parlare liberamente, una sola domanda ne aveva liberate altre cento.

Un movimento all'interno della caverna mi fece spaventare, ma era solo Ragnvald, che si avvicina al fuoco come fosse un Lord nella sua camera, non un uomo scalzo in mezzo alla foresta. Sembrava molto più forte di prima.

«Non riesci a dormire?», chiese.

Io scrollai le spalle.

«La Luna è fuori nel cielo. Domani sarà piena.»

Abbracciai le mie gambe più forti sul petto.

Ragnvald si fermò alla fine del mio letto, e passò una mano sulle pellicce. «Posso?»

Io annuii. Il letto era largo abbastanza da poter ospitare almeno cinque uomini; non avrebbe fatto del male a nessuno se avessimo condiviso uno spazio l'uno. Mi chiesi se, l'uno di fronte all'altro, mi sarei sentita sua eguale oppure se il suo corpo muscoloso mi avrebbe semplicemente inghiottita come faceva quando eravamo entrambi in piedi.

Con grazia regale, il guerriero dai capelli biondi si sedette nel momento in cui acconsentii, e mi guardò.

«Ti ho sentito parlare con Maddox.»

«Quanto lunga è questa caverna?» chiesi, guardando nel buio.

«Non molto lunga. Ci sono tunnel che vanno più avanti, ma sono pericolosi.» Lo sapevo che aveva detto così soltanto per evitare che *io* provassi ad avventurarmi. Così annuii, per fargli capire che avevo capito. «Ma non è così che ho origliato. Io e Maddox siamo legati. Le nostre menti... sono legate. Tra di noi, e con il nostro branco.»

Le pause tra Maddox e Ragnvald si fecero improvvisamente più chiare. Sapevano *davvero* parlare una lingua che io non avrei mai potuto capire.

«È un brav'uomo, Sabine», disse all'improvviso Ragnvald. «Non mi hai mai abbandonato, anche quando avrebbe potuto. Abbiamo fatto tutto quello che potevamo, ma ogni volta io andavo peggiorando. In un momento di sanità mentale gli ho concesso di mettermi la catena. Speravamo che le rune potessero aiutarmi, ma la mia mente ha continuato a deteriorarsi... sarei morto. E sarei stato felice di morire.» Si fermò, e il suo silenzio sembrò portare con sé una vita intera di sofferenze che persino io riuscii a sentirmi sulle spalle.

«So che ha giocato a tuo sfavore—prendendoti dalla sicurezza di casa tua, prendendo le tue sorelle per farti fare ciò che voleva... Maddox non farebbe mai qualcosa contro di te se non ci fosse un motivo. E penso che tu lo sappia.» Ci girammo entrambi a guardare il guerriero tatuato intento a dormire, la faccia soffice e serena nel sonno. Mi chiesi, se avessi incontrato Maddox in maniera diversa, cosa saremmo adesso.

«Sì. Lo so.»

Ragnvald si alzò e si avvicinò al lato del mio letto.

«Lui ci tiene a te, Sabine. Lo facciamo entrambi.»

Non richiesta, l'immagine di Ragnvald nudo dentro la vasca mi ritornò alla mente. Solo che quella volta dentro la vasca c'era anche Maddox.

Il guerriero biondo poggiò la mano sul mio corpo, ed io la coprì con la mia, sorpresa e riportata alla realtà. Il mio cuore mancò un battito, ma lui si limitò soltanto ad avvicinare di più la pelliccia al mio corpo.

«Non hai nulla da temere, Sabine. Non da noi.» Prese una delle pellicce e la poggiò sul pavimento, creandosi il suo letto. Allontanandosi disse, «E nessuno può sconfiggerci. Non hai nulla da temere. Mai più.»

Si coricò poi, e il sonno presto lo portò via insieme a Maddox. Io rimasi seduta, sveglia tra i due guerrieri, avanti e dietro, tra me e il dietro della caverna; me e la natura selvaggia. Le loro forme grandi e forti erano pronte a proteggermi e combattere per me, anche durante il sonno.

Se inclinavo la testa abbastanza, riuscivo a vedere la Luna sul letto del Cielo intenta a farmi l'occhiolino dall'alto, oltre la bocca della caverna. Un altro giorno, e il Calore avrebbe preso possesso di me con tutta la sua forza.

Ragnvald aveva torto. Avevo tutto da temere. Potevo tenere a bada i mostri, e potevo restare coraggiosa nonostante fossi imprigionata, e potevo anche guardare la morte negli occhi.

Ma non riuscivo a negare di sapere ciò che il mio cuore cominciava a volere, e quella consapevolezza mi terrorizzava più di qualsiasi altra cosa al mondo.

 i svegliai in una pozza di sudore, il mio corpo soffocato dal Calore. I miei fianchi presero di loro spontanea volontà a pregare per trovare il sollievo che avevo trovato nei miei sogni. Alzandomi in piedi, trovai dell'acqua nel cestello e ne bevvi un sorso, poi gettai il resto sulla mia pelle calda prima ancora di guardare intorno a me per vedere dove fossero i miei guerrieri. Ragnvald e la sua pelliccia erano spariti, ma ferma lì, mi accorsi che Maddox venne velocemente dalla foresta portando con sé del pesce in un cestello.

Si avvicinò sempre di più e poi si fermò a guardarmi. Poi, in un movimento esageratamente lento, alzò il naso e odorò l'aria. Le mie guance si fecero immediatamente rosse quando girò il suo sorrisetto verso di me. Sapeva tutto.

Ma invece di dire qualcosa, si diresse verso il fuoco per preparare il pesce.

Ancora con il cestello tra le mani, mi andai a sedere vicino al fuoco. Se fossi stata brava, forse mi avrebbe permesso di andare a cercare delle erbe, oggi, e fare il bagno nel ruscello per potermi calmare.

Tenni il cesto di fronte al mio corpo per evitare che si accorgesse dei miei capezzoli improvvisamente turgidi, ma Maddox non si fece ingannare. Quando si avvicinò a me, provocando un mio passo indietro, all'inizio non fece altro che prendere il cesto. Io glielo diedi, e lui sparì nella foresta per riempirlo di nuovo. Quando tornò lo avvicinò a me.

«Grazie» cominciai a dire, provando a prenderlo, ma lui non lo lasciò andare.

«Non ringraziarmi, ancora» disse, e la sua voce suonò roca. «Chiedi, ed io ti darò tutto quello che vuoi, e anche di più.»

Abbassai gli occhi, ma il suo sguardo rimase sulle mie guance bollenti e rosse. «Non voglio niente da te.»

Lui lasciò andare il cesto e fece un passo indietro, ma continuò a guardarmi mentre mi alzavo e facevo scivolare quando più giù possibile le mie gonne per potermi coprire. La seta soffice faceva nulla per coprire il mio Calore, e per evitare il suo sguardo pungente. Mi strinsi le guance tra le mani fredde, sperando di far raffreddare anche loro.

«Dov'è Ragnvald?»

«È andato a cacciare. Se fossi stato in lui non avrei permesso alla bestia di uscire fuori così in fretta, ma lui dice di poterla tenere sotto controllo, che è più se stesso adesso. Parla molto bene di te.»

«Ha parlato molto bene anche di te, la notte scorsa.» Mi strinsi le braccia al petto. «Sembra che voglia che io ti perdoni. O che almeno provi a capire perché hai fatto quello che hai fatto.»

«E...?»

«E quello che è fatto è fatto.» Feci un gesto impaziente con la mano. «È andato tutto bene. Sto soltanto aspettando che tu ti renda conto che lui è adesso in perfetta salute, così da permettere a me e alle mie sorelle di tornare a casa.»

Sentii pungermi da una breve fitta di senso di colpa—non avevo pensato molto a Muriel e Fleur, ultimamente.

«È questo quello che vuoi?»

Io aprii la bocca, ma lui alzò subito un dito.

«Riesco ad annusarle, le bugie», mi disse con un sorrisetto quando mi girai. «E non è l'unica cosa che riesco ad annusare in questo momento.»

Mi girai subito indietro. «Parli di cose che non ti competono e che non comprendi, *Lupo.*»

«Ah, sì? Non sono io quello che sta cercando di nascondersi alla luce del Sole. Cerchi di negare il tuo corpo, piccola strega.»

«Non è assolutamente vero», protestai. «Questa sensazione è naturale. Passerà in fretta.»

Non disse niente, ma d'un tratto prese a camminare verso di me, mettendomi in trappola. Le mie gambe colpirono il letto, ed io mi fermai piuttosto che far cadere il mio corpo sul letto, praticamente offrendomi a lui come vittima sacrificale. Vicino abbastanza da poter toccare le mie labbra, Maddox semplicemente portò la fronte sulla mia, respirando l'odore dei miei capelli.

«Quando ci mettemmo alla ricerca di una cura, cercammo qualsiasi informazione su voi donne in grado di portare fortuna a chi avete accanto. Siete piene di magia che ricavate dal centro della Terra, siete brave a far crescere le erbe, brave a curare la gente. E durante la Luna Piena venite colpite da un fortissimo desiderio, così forte che andreste a letto col Diavolo in persona, pur di saziarlo.» La sua mano mi tolse una piccola foglia dalla spalla, e poi restò lì, e l'accarezzò piano.

«Non ci credo» dissi, nonostante sapessi che fosse vero.

«Dovresti, piccola strega.» Mi scoccò un altro di quei suoi sorrisetti. «Quando il tuo desiderio diventerà così forte da non riuscire più a controllarlo, non avrai bisogno di cercare il Diavolo da nessuna parte. Ne hai due a portata di mano, proprio qui.»

Feci scivolare la sua mano via dalla mia spalla.

«Io non ti voglio.»

«No. Ma col tempo sentirai il bisogno di avermi.»

«*Mai.*» Mi staccai da lui, e lui mi spinse di nuovo contro di sé.

«Non scappare via da me.»

La violenza del suo tocco mi fece scoppiare il cuore nel petto, liberando un torrente improvviso tra le mie gambe. Lui lasciò andare le mie braccia come se il tocco lo avesse bruciato, ed io feci subito qualche passo indietro.

«Io non ho bisogno di te. Sono più forte di così», gli dissi.

Lui non si mosse, come se fare anche solo un altro passo gli avrebbe potuto far perdere il controllo. «Sei forte, Sabine, è vero. Ed è per questo che hai bisogno di un uomo forte tanto quanto te. Un uomo forte abbastanza da porre fine a questo tuo desiderio continuo, un uomo in grado di darti tutte le cose che desideri.»

Fissando la sua bocca, mi leccai le labbra. «Io non desidero nulla.»

Per molto tempo dopo essere rimasta sola, le parole di Maddox continuarono a pesarmi sulla mente e sul cuore, e nel mezzo delle mie gambe. Anche solo portare una mano tra di esse durante un momento di privacy non riusciva a darmi la pace di cui sentivo il bisogno. Avevo bisogno di un uomo su di me, delle sue mani sulla mia pelle, a prendersela, a venerarla. Maddox aveva ragione. Tutte le mie difese, tutte le ragioni che ero riuscita a trovare nel tempo—la mia ragione e i miei pensieri lucidi affogarono tra le onde del mio desiderio. Stretta così forte dalla Luna, mi sarei dimenticata di ogni singolo voto che avevo preso per restare da sola.

* * *

AL CREPUSCOLO, mi fermai di fronte al calderone, in attesa del ritorno dei guerrieri che mi tenevano prigioniera. Non vidi né sentii niente quando all'improvviso i miei capelli vennero tirati indietro, portandosi la mia testa. Il dolore mi fece irrigidire, ma l'odore di Maddox in qualche modo mi calmò. Le sue dita percorsero la linea della mia gola, ed io mi lasciai andare al suo tocco.

Sì, così, Sabine. Riuscii a sentire i suoi pensieri. *Arrenditi a me.*

Il mio cuore prese a battere più forte.

Lasciati andare, piccolina.

Le sue mani in qualche modo riuscirono a trovare la loro strada sotto il mio vestito, giù fino alle mie labbra bagnate e desiderose del loro tocco. Tremai e cercai di staccarmi da lui, ma la mia bocca era già aperta, pronta a pregare per averne di più.

Sì, combattilo. Mi spinse sul letto, torreggiando su di me. *Combatti il tuo desiderio, piccola, perché sarà più forte quando arriverà. Venire ti consumerà.*

«No», respirai ad alta voce, «No, no!», ma lo strinsi più forte a me, e aprii le mie gambe per permettere alla sua bocca di poggiarsi sulla mia intimità calda e desiderosa di lui. Persi il respiro mentre la sua bocca mi stuzzicava, toccando ogni piccola crepa, trovando tutti i punti giusti, facendomi perdere nel piacere.

«Fermo—» dissi, cercando di liberarmi nonostante i miei fianchi si alzassero per andare a ritmo con la sua lingua. Ragnvald immediatamente si inginocchiò dietro di me, stringendo i miei polsi insieme sopra la mia testa. Il mio piacere si fece immediatamente più intenso, tra un guerriero intento a scoparmi con la lingua e l'altro dietro di me a tenermi ferma e succube del suo compagno. Un dito mi strinse un capezzolo e nello stesso momento Maddox entrò dentro la mia intimità con la lingua, ed il mio corpo si tese. Urlai il mio piacere alle stelle, venendo sulla sua lingua, e Maddox restò lì a bere il mio nettare mentre io lo guardavo, la sola vista abbastanza per portarmi di nuovo alle stelle.

Li pregai di scoparmi, perché avevo bisogno dei loro corpi forti contro il mio, a tenermi ferma, a prendersi tutto ciò che avevo, come se anche solo un piccolo tocco da parte loro potesse farmi sentire improvvisamente di nuovo viva.

«Sì!» urlai di sollievo quando alla fine mi riempirono, il delizioso riempirsi delle mie intimità quasi doloroso.

«Vieni», mi ordinò Ragnvald. «Vieni, adesso.»

Ed io lo feci, urlando, stringendo i denti contro l'orgasmo così perfetto che mi avevano procurato, in grado di riempirmi di desiderio così forte che mi ritrovai terrorizzata al pensiero di non riuscire a sentirmi così completa mai più, con nessun altro.

Alla fine mi poggiai da qualche parte sopra il loro letto, mentre loro mi baciavano. Il modo gentile con cui mi veneravano mi fece perdere il controllo, ed io cominciai a piangere.

Loro mi tennero stretta, accarezzando il mio corpo tremante intrecciato ai loro sul letto, tre diventati uno solo.

«Ti diamo noi stessi, completamente» dissero. «Dacci un ordine e noi lo faremo.»

«Lasciatemi andare» pregai, stringendomi però a loro. Le loro mani trovarono subito le mie.

«Qualsiasi cosa», dissero, «*ma non questo…*»

* * *

MI SVEGLIAI SUDATA dal mio sogno. La Luna illuminava la caverna, ma io mi girai dall'altra parte e affondai il viso sulle pellicce.

Il Calore stava prendendo il controllo su di me. Quando spinsi le gambe l'una contro l'altra, la mia pelle era bagnata e appiccicosa. I miei capezzoli erano come spuntoni contro il letto. Mi strinsi sulle pellicce, sperando di riuscire a resistere, di non fallire me stessa.

* * *

VENNE IL MATTINO, e all'inizio mi ritrovai a sentirmi sollevata di essere da sola. Dopo aver pensato al fuoco presi il cestello e mi diressi fuori per prendere un po' d'acqua, solo per ritrovarmi a fermarmi appena fuori dalla caverna quando vidi Ragnvald avvicinarsi a me.

«Non stavo scappando via», sussurrai. «Stavo soltanto andando a prendere un po' d'acqua fresca.»

Il guerriero dai capelli biondi inclinò il viso come se stesse cercando di capire cosa volessi dire. Io feci un passo indietro, e lui si fece d'un tratto rigido, come un lupo quando trova la sua preda.

All'improvviso quegli occhi dorati non avevano più nessuna umanità.

«Ragnvald... sono io. Sabine.»

Gli occhi brillanti, Ragnvald cominciò a camminare verso di me, così concentrato sul mio corpo da non notare Maddox fino a quando il guerriero tatuato non gli strinse una spalla.

Girandosi improvvisamente, Ragnvald gli diede contro, e Maddox gli tirò un pugno. Si azzuffarono, ed io mi ritrovai a mordermi il labbro per evitare di urlare. Più alto di lui, Ragnvald continuò a combattere fino a quando non trovò il modo di riprendere la sua corsa verso di me, ma Maddox lo tirò un'altra volta indietro, tenendo il suo corpo tra me e l'Alpha impazzito.

«No», ringhiò Maddox nel suo orecchio. «Non lei. Ferisci chiunque altro, ferisci me, ma non lei.»

Mi lasciai andare ad un sospiro di sollievo quando vidi Ragnvald riprendere il controllo di se stesso, rimettersi dritto. Senza dire una parola, il Vichingo sparì di nuovo in mezzo alla foresta. Maddox lo seguì.

Non sarebbero andati lontani, lo sapevo. Una volta lontani dal mio campo visivo, mi misi a correre verso il torrente. Poi, quando tornai nella caverna, presi un pezzo di stoffa e lavai immediatamente in mezzo alle mie gambe, cercando di togliere l'odore. Strofinai fino a quando la pelle non cominciò a bruciare, e poi buttai la stoffa nel fuoco. Ancora qualche notte ed il Calore sarebbe andato via. Almeno lo speravo.

Quella notte i guerrieri tornarono con una grossa bestia con le corna, che trascinavano entrambi. Avevo fatto bruciare ogni singolo pezzo di salvia che mi era rimasta, ogni candela, ogni erba profumata per poter nascondere l'odore. Eppure, neanche per un secondo loro si rischiarono di incrociare il mio sguardo.

Mangiammo insieme in silenzio, e quando finimmo Ragnvald andò di nuovo via.

Più tardi, quando ero già a letto, sentii un vento strano alzarsi nella caverna, facendomi alzare i peli delle braccia, e poi un grosso Lupogrigio e dorato prese forma di fronte a me, e con lentezza si andò ad accucciare vicino al bordo del letto con un sospiro.

Incrociò i miei occhi per un momento, ed io riconobbi quello sguardo dorato. Poi mi coricai nuovamente, continuando a ripetermi quelle parole che avevo sentito soltanto nella mia testa un attimo prima.

Perdonami.

CAPITOLO 6

$\mathcal{D}$a quel momento in poi, i guerrieri si tennero a debita distanza da me per quanto possibile. E il farsi sempre più piccolo della Luna non fece nulla per acquietare il mio bisogno. Al contrario: sembrava non fare altro che crescere.

Una notte, dopo ore ed ore passate a rigirarmi tra le pellicce, sentii un movimento leggero e aprii gli occhi. Entrambi gli uomini erano seduti al bordo del letto, la luce nei loro occhi ad illuminare la notte.

Mi alzai. Prima di addormentarmi avevo provato a donarmi un po' di piacere, le dita ad accarezzare con forza e senza nessun risultato nel disperato tentativo di donarmi il piacere che solo un uomo avrebbe potuto portarmi. Anche solo sentire la stoffa del vestito sul mio corpo era impossibile da sopportare, così l'avevo tolta.

Facendomi sempre più sveglia, mi ricordai di essere nuda sotto le pellicce. E guardandoli negli occhi, notando i loro fermi sulle mie spalle nude, capii che lo sapevano anche loro.

Non importava. Il Calore stava già infettando la mia

mente, togliendo tutto il buon senso. Invece di tenerle strette sul mio corpo nudo, le lasciai scivolare via, ed aspettai.

Ragnvald fu il primo a muoversi, e Maddox seguì un attimo dopo, ed entrambi si misero a miei fianchi. All'inizio non fecero altro che toccarmi con dolcezza i capelli, togliendoli dalle mie spalle, per liberare il mio collo. Mentre toglievano le pellicce dal mio corpo, strinsi le gambe l'una contro l'altra, ma gli umori che bagnavano le mie gambe erano troppi per poter essere nascosti. Cercai con tutte le mie forze di non tremare sotto i loro sguardi.

Alla fine Ragnvald alzò lo sguardo dal centro bagnato delle mie cosce.

«Da quanto soffri in questo modo?»

Fu Maddox a rispondere per me. «Da troppo tempo.»

Ragnvald poggiò una mano sulla mia caviglia. Poi studiò la mia espressione, e quando sembrò aver capito che non avrei fatto nulla per fermarlo, la fece scivolare con lentezza sul mio ginocchio, e poi oltre, sulla mia coscia.

«Per favore…», sussurrai. Per anni avevo amato ed odiato la Luna piena, il suo potere luminoso e il modo in cui faceva crescere il mio desiderio. Non mi avrebbe fatto male lasciarmi andare, soltanto una volta, soltanto per poco.

Maddox si mise dietro di me, le sue braccia ad avvolgermi, a tenermi ferma. Io non feci nulla per resistergli. Restai semplicemente a guardare mentre Ragnvald si inginocchiava di fronte le mie gambe. Avvicinò la testa, e d'un tratto le labbra dell'Alpha erano sulle mie, intente a baciarmi. La sua bocca sapeva di miele, di calore e di desiderio. Era tutto ciò che avevo cercato nella mia vita, e quando lui staccò le labbra dalle mie, io toccai il suo viso per assicurarmi che quella volta lui fosse reale. La sua mano grande si poggiò sul mio viso come la mia, prima di prendere ad accarezzarlo, scendendo giù sul collo, sul mio petto nudo, scendendo sempre più giù. I miei fianchi erano già leggermente sollevati, pronti al suo tocco, ma le sue dita ignorarono il nido bagnato in mezzo alle mie gambe e invece scesero sempre più giù, ad accarezzare le gambe, piccoli movimenti e carezze che avevano l'obiettivo di farmi perdere la testa.

Maddox mi strinse ancora di più a lui, la mia schiena sul suo petto nudo e caldo. Mi lasciai andare contro il suo corpo, e gemetti sorpresa quando le sue dita mi strinsero i seni. Le mie gambe si aprirono ancora di più di fronte agli occhi di Ragnvald.

«Lo sai da quanto tempo aspettiamo?», disse Maddox, la voce roca e bassa sul mio orecchio. «Lo sai per quanto tempo abbiamo aspettato *te*?»

Le sue dita si strinsero ancora di più sul mio seno, facendomi bagnare ancora di più, ed io capii in quel momento cosa volevano fare. Quei guerrieri mi avrebbero posseduta quella notte, ogni singolo centimetro di me sarebbe stato loro.

«Hai idea di quanto tempo io abbia passato a guardarti... a desiderarti?», le labbra di Maddox accarezzarono il lobo del mio orecchio. «*Ogni singola notte.*»

Ragnvald continuò a tormentarmi dolcemente, tastandomi, facendo scattare e girare la sua lingua, avvicinandosi alla mia intimità e poi andando via; senza mai soddisfarmi completamente, ma appiccando un incendio dentro di me le cui fiamme non facevano altro che crescere. Non lasciò intoccata neanche una minima crepa, neanche un solo punto segreto, le sue mani a stringere il mio sedere.

«Quanto dovremmo farti aspettare? Quanto a lungo dovremmo torturarti, come tu hai torturato noi?» Maddox continuò a sussurrare con quella sua voce bassa mentre le sue mani stringevano con forza i miei seni, le sue dita a tirare i miei capezzoli dolorosamente, facendomi inclinare in avanti, andando ancora di più incontro alle sue mani. Mi ritrovai a pregare senza pensarci per qualcosa, qualsiasi cosa, desiderosa di fare tutto quello che volevano, pronta ad accettare tutto ciò che avevano da donarmi.

Ragnvald sembrò felice di restare in mezzo alle mie cosce, e lasciare la sua lingua a leccare l'interno di una delle mie gambe, poi in mezzo, e poi l'altra. Ed ogni qualvolta riuscissi a rilassarmi lui aggiungeva i denti, piccoli morsi che facevano alzare automaticamente i miei fianchi e bagnare la mia intimità ancora di più.

«Per favore» feci uscire fuori alla fine. Una delle mani di Maddox lasciarono il mio seno per andare sul mio collo.

«Per favore *cosa*, Sabine?» Tutto dentro di me sembrò tremare quando sentii quella voce profonda sussurrare il mio nome con quel tono così roco, così eccitato. «Pregaci di darti quello che vuoi, piccolina. E noi forse te lo daremo.»

«Per favore...»

La lingua di Ragnvald si avvicinò un'altra volta alla mia entrata, e i miei fianchi si mossero verso l'alto.

«Dillo, piccola strega», ridacchiò Maddox, e poi morse il mio lobo. Io provai a staccarmi da loro, ma le mani di Ragnvald si strinsero ancora più forte sulle mie gambe, e la sua lingua non si fermò neanche un attimo di darmi piacere. La sentii scendere sulle mie gambe, leccando i miei umori da lì.

«Non lo voglio tutto questo» mentii, nonostante il mio corpo stesse in quel momento lasciando andare altri dei miei umori che Ragnvald si premurava di raccogliere con la lingua.

«Non mentire.» La mano di Maddox si strinse leggermente sul mio collo. «Le bugie portano alle punizioni, piccolina. Dì la verità, e noi ti daremo ciò che vuoi.»

«Io... io non *dovrei* volere tutto questo.»

«Brava bambina...» disse Maddox, la voce bassa e soffice. «Questa è la verità.»

«Avevi detto che se dicevo la verità mi avresti lasciata andare.»

«No. Ti ho promesso che ti avremmo dato ciò che volevi. E questo—» la lingua di Ragnvald colpì a tempo con le parole di Maddox, «—è ciò che vuoi.»

Le mie mani volarono sulle pellicce, stringendole, come se in quel modo potessi mantenere il controllo.

«Dovete lasciarmi andare—»

In risposta, Maddox fece inclinare la mia testa di lato, lasciando scoperto il mio collo nudo. Le sue labbra si poggiarono proprio a metà, leccando la mia pelle prima di succhiarla.

Ragnvald si avvicinò pericolosamente al mio centro.

Sentii un gemito crescere dentro di me, il suo eco in quella parte di me dove avevo lasciato il desiderio che non avrei dovuto provare.

«Siete i miei rapitori. Mi tenete in questa prigione—»

«Ti sbagli, piccola strega. Noi siamo gli unici che possono liberarti.»

Qualcosa stava crescendo, crescendo, crescendo dentro di me, il mio corpo sembrava salire sempre più alto, come un uccello che vola verso il Sole.

«E non ti lasceremo mai andare.»

La bocca di Ragnvald toccò il punto giusto nel momento esatto in cui i denti di Maddox toccarono leggermente la pelle della mia spalla. Il dolore della spalla e il piacere procurato da Ragnvald si mischiarono insieme ed io tremai, come una foglia durante la tempesta. Tremando, mi ritrovai ad essere grata di avere le braccia di Maddox intorno al mio corpo, per sostenerlo, il suo petto dietro di me. Quelle braccia che avrebbero potuto uccidermi, o farmi del male… e invece mi stavano proteggendo.

Sentii le lacrime scendere sulle guance, e Ragnvald si alzò a leccarle prima di baciarmi, lasciando il mio sapore sulle mie labbra.

«Per favore.» Le mie difese erano state abbattute, avrei

potuto chiedere qualsiasi cosa volessi, qualsiasi cosa necessitassi. «Per favore, riempitemi.»

Il mio piacere sembrò andarsene per un secondo, lasciandomi vuota. Avrei fatto qualsiasi cosa per essere presa da loro. Se non l'avessero fatto, sarei morta.

«Pazienta.» Ragnvald mordicchiò i miei capezzoli. «Farai ciò che ti verrà ordinato da noi. E se desideriamo che tu ti perda nel piacere mille volte questa notte, allora quello è esattamente ciò che farai.»

«Mi spezzerete...»

«Solo la tua volontà.» Le sue mani presero a muoversi sul mio corpo mentre Maddox metteva le sue su i miei fianchi. «Tutto il resto sarà al sicuro nelle nostre mani.»

«Ma—» cominciai ad alzare la voce, ma Ragnvald mi interruppe con un dito sulle mie labbra. «Sh, adesso. Questa notte siamo i tuoi padroni. E tu farai tutto ciò che desideriamo.»

«Non aver paura, Sabine», aggiunse Maddox. «Quello che desideriamo è il tuo piacere. Non ti permetteremo più di negare il tuo desiderio.»

«O il nostro», disse Ragnvald, stringendo la mia coscia. «Se potessi parlare con la Dea, le chiederei—come può un essere umano essere così bello?»

Le dita di Maddox tracciarono il mio fianco. «Usa lo zucchero dell'Eucalipto sulle sue gambe.»

Piegando la mia gamba, Ragnvald baciò il ginocchio, poi lo leccò. La sua lingua proseguì sempre più in alto, ed io sentii la mia intimità stringersi, pronta a ricevere il suo tocco ancora una volta. «Riesco a sentire la dolcezza. E anche l'amaro.»

Maddox ridacchiò, un suono meraviglioso per le mie orecchie. Lo sentii scuotergli il petto. «Quello non è zucchero d'Eucalipto, fratello.»

«È divino.» Ragnvald rimase fermo tra le mie gambe per

un momento. «Il più raffinato degli idromeli. Miele e alcol. Più ne assaggio, più ne voglio.» Tornò a baciarmi un'altra volta, leggero, delicato. «Non saremo mai sazi di te, Sabine.»

«Fortunatamente ha anche altro da offrire. Tipo la sua lingua lunga e biforcuta.»

«Mmm...» mormorò Ragnvald sulle mie labbra. «Sappiamo come addomesticarla.»

Passarono diversi minuti a fare nient'altro se non accarezzare il mio corpo, esplorandone ogni centimetro. Se avessi provato a fuggire, uno mi avrebbe tenuta ferma per permettere all'altro di continuare. Improvvisamente sentii le dita di Maddox toccare la mia intimità, un suo dito entrare dentro di me. Ragnvald mi strinse i seni. Mi toccavano dovunque, ma non nel modo che mi serviva, e il mio desiderio crebbe così tanto che per poco pensai di uscire pazza.

«Per favore», sussurrai. «Per favore, ho bisogno di voi.»

«Chi dei due?» Ragnvald alzò la testa, e la fame nei suoi occhi mi fece perdere il respiro.

«Non—non posso scegliere.» Se uno dei due mi avesse lasciata, non lo avrei sopportato. Maddox mi posizionò tra le sue braccia in modo da poter guardare anche lui, non solo suo fratello. La luce della Luna era poca, ma abbastanza da farmi leggere nei loro occhi quanto ne avessero bisogno. «Entrambi» sussurrai alla fine, la bocca asciutta. «Ho bisogno di entrambi.»

«Ti daremo quello che vuoi, piccolina.» Ragnvald poggiò una mano sulla mia gamba. «Quanti uomini hai conosciuto? Lo chiedo solo per non farti male, quando arriverà il momento.»

Riuscivo a malapena a pensare correttamente.

Maddox mi strinse un seno, tirando un capezzolo.

«Quanti, Sabine?»

«Nessuno. Solo ragazzi che speravano di essere uomini veri.»

«Mmm.» Ragnvald si liberò del perizoma, ed io cercai di riprendere il respiro che la vista del suo membro mi aveva tolto.

«Sei più grosso di tutti loro», tirai fuori a fatica.

Lui non sorrise, ma riuscii a percepire il suo piacere. Una parte di lui era ancora uomo ed orgoglioso, del resto. «Ti prenderemo qui», disse, toccando leggermente la mia entrata, ma non abbastanza, «…e qui.» Le sue dita si fermarono sul mio ano, accarezzando piano. «Ma non stanotte.»

«No, vi prego. Ho bisogno di sentirvi dentro di me.»

«Così?» chiese Ragnvald, e senza nessun preavviso spinse tre dita dentro di me, il suo pollice immediatamente sul mio nodo sensibile.

Io gemetti ad alta voce, il desiderio ad inebriarmi i sensi, a farmi perdere la testa. Quando tolse le dita io protestai ad alta voce, provando a muovere le gambe, ma lui le tenne ferme con le sue, aperte.

«Adoro sentirla pregare.» Maddox mi strinse tra le sue braccia, uno poggiato sulla mia vita, poco sotto i miei seni.

Le dita di Ragnvald presero di nuovo ad accarezzarmi. «Forse dovremmo tenerla in questo stato fino alla prossima Luna. Dolorante, bagnata… legata al letto.» Lo vidi battere gli occhi. «Le piace questa prospettiva. Ha appena avuto uno spasmo.»

«Ti faremo pregare per darti tutto ciò che ti serve… cibo, acqua… piacere» disse Maddox nel mio orecchio.

«Un gioco giusto.»

«Tienila, fratello» disse Maddox, offrendomi a Ragnvald. «Non l'ho ancora assaggiata.»

Si scambiarono di posizione, muovendomi come un sacco tra di loro. Non come un sacco—come un trofeo fatto di avorio e perle, con capelli d'oro—ma per quanto importante mi sentissi tra le loro mani, mentre Ragnvald mi stringeva e Maddox si posizionava in mezzo alle mie gambe, riuscii a sentire quanto in realtà mi stessero dominando. Ero il loro tesoro, e la loro proprietà. Avrebbero fatto tutto ciò che volevano con me, per quanto tempo avrebbero voluto. Mi possedevano.

«Molto bella», disse Maddox. Era seduto in mezzo alle mie gambe, e fissava il mio centro bagnato. Ragnvald mi tenne ferma quando provai a chiudere le gambe.

«Stai ferma, Sabine.»

Io girai lo sguardo mentre Maddox continuava a guardarmi la vagina. «Per favore, prendetemi e basta.»

«Silenzio», mormorò lui. Mi toccò un dito tra le mie labbra inferiori, ma non fece nient'altro. «Guardarmi.»

Io chiusi gli occhi.

«Sabine. Fai ciò che ti dico.»

Il nodo sul petto era tornato, e stringeva, mi chiedeva di nascondermi. Quegli uomini erano stati in giro per il mondo, e avevano visto tantissime donne. Come potevano guardarmi come se fossi l'unica sulla Terra con cui volevano stare?

«Sabine… non farmelo dire un'altra volta.»

Io obbedii.

«Tieni gli occhi su di me», ordinò. Mentre continuava con quella sua esplorazione delle mie parti più intime, io cercai di combattere contro il bisogno di chiudere i miei occhi, chiudere le mie gambe, e scappare via.

Ragnvald strinse le braccia intorno al mio corpo, come a ricordarmi che se avessi provato a fare qualcosa lui mi avrebbe fermato senza problemi.

La mano di Maddox si poggiò sulla mia intimità, e poi le diede un forte schiaffo. Io urlai, muovendomi, nonostante lo schiaffo avesse prodotto un suono bagnato.

«Le piace…» Maddox si leccò i miei umori dalla mano.

«Ecco» disse Ragnvald, aprendo ancora di più le mie gambe e di riflesso la mia intimità di fronte gli occhi di Maddox, tenendomi ferma con le sue gambe. «Fallo ancora.»

Maddox mi diede un altro schiaffo violento, poi acca-rezzò la mia vagina, mettendo dentro un dito per bagnare di più le mie labbra. Il piacere mi colpì come un pugno, facen-domi perdere la testa.

«Per favore, basta.»

«Ancora», comandò Ragnvald, e con un sorrisetto mali-zioso Maddox obbedì. Io urlai, maledicendoli e stringendomi tra le braccia forti di Ragnvald. Volevo essere scopata da loro, e volevo ucciderli; tra le onde di quel piacere folle che stavo provando quelle due azioni sembravano le stesse.

«Le piace violento», osservò Maddox. «Vediamo cosa ne pensa di questo.» Piegandosi, cominciò a sbattere la lingua su e giù tra le mie labbra, con tocco leggero. Io smisi di muoversi, sciogliendomi sul petto di Ragnvald. Maddox continuò a guardarmi fisso negli occhi. Le mie gambe pallide contro la sua mascella definita e barbuta erano la cosa più bella che avessi mai visto.

Un gemito lasciò le mie labbra, lungo e forte come l'ulu-lato di un lupo. Maddox non si fermò mai dal portarmi verso il piacere, ed era così bravo che solo lui avrebbe potuto essere un rivale contro la bravura di Ragnvald. La mia vagina pulsava come non mai. Ad occhi chiusi, sentii Maddox spin-gere le labbra sul mio centro, baciandolo con venerazione. La sua violenza era enorme e capace di farmi cadere, ma sarebbe stata quella dolcezza a finirmi.

Maddox spinse improvvisamente un dito dentro la mia seconda entrata, ed io provai ad oppormi quando mi resi conto di essere stata invasa improvvisamente, ma tra la sua bocca sulla mia prima entrata e il modo in cui il suo dito prese a pompare, io presto persi la ragione. Il piacere prese possesso della mia mente, facendomi tremare. Mi portò ben oltre il mondo conosciuto, prese possesso del mio respiro, ed io vidi tutto nero.

Quando la vista tornò, trovai Maddox di fronte a me, a leccarsi le labbra.

«Sei deliziosamente soddisfacente, Sabine.»

«Molto più che soddisfacente» aggiunse Ragnvald. Si staccò da me con attenzione, facendomi poggiare sul letto. Maddox andò a bagnare un pezzo di stoffa, e quando tornò lo poggiò sul mio clitoride consumato, cominciando da lì a pulire la mia intimità incredibilmente bagnata. Presero entrambi a pulirmi e a sistemarmi i capelli, mentre io provavo a riprendere il controllo del mio cervello, coricata sul letto.

Quando li sentii rimettermi addosso le pellicce e poi alzarsi da letto, mi risvegliai di colpo.

«Aspettate, state andando via? E cosa ne è del…» Il loro desiderio era visibile dai vestiti. «Posso donarvi lo stesso piacere. Vi prego, lo voglio.»

Seduta sul letto, sapevo di sembrare una sirena, i capelli biondi sulle spalle, i capezzoli turgidi e le labbra rosse e gonfie dei loro baci. Avevo voglia di dare loro piacere. Loro sembrarono esitare, e si guardarono negli occhi.

«Non sei ancora pronta, piccola strega.»

«Il mio corpo ha bisogno di voi. Vi prego… possedetemi.»

Sembrarono indecisi.

Non erano contenti del mio desiderio. Dovevano possedermi secondo la loro volontà.

«No, Sabine. Devi esserne sicura.»

«Quando ti darai a noi, non ci sarà più nessuna esitazione, nessun modo di tornare indietro. Ti reclameremo come nostra, il tuo corpo apparterrà a noi. *Tu* apparterrai a noi, ogni singola parte di te. Per sempre.»

«E noi apparterremo a te. *Per sempre.*»

* * *

GUARDAI la Luna salire sempre più in alto fino a quando mi risultò impossibile continuare a vederla, coricata sul letto, tremante. Il piacere che i due guerrieri mi avevano donato mi aveva soltanto lasciato desiderosa di altro. Ma continuavano a rifiutarsi di darmi di più fino a quando non mi sarei arresa a loro.

Alzando la testa, incontrai gli occhi di Maddox. Nessuno dei due guerrieri stava dormendo. L'odore del mio piacere era così forte nell'aria che persino io riuscivo a sentirlo. Sarebbe stata una tortura per quegli uomini che potevano trasformarsi in lupi.

Alla fine mi girai dall'altra parte, per guardarli.

«Perché?»

«Sarebbe farti un disonore, prenderti in questo tuo stato alterato.»

Strinsi le pellicce per evitare di prenderli a schiaffi. Io dovevo essere quella forte.

«Quando un lupo prende una compagna, è per sempre. Si crea un legame—una connessione più forte di quella con qualsiasi branco, di quella con qualsiasi fratello.»

«Io non voglio un compagno», dissi fermamente. «Voglio soltanto che voi mi scopiate. Sono certa che potete mettere da parte il vostro onore, per una notte.» La mia gola sembrava bruciare per la frustrazione, e per le urla di piacere a cui mi ero lasciata andare prima.

Maddox girò lo sguardo. Ragnvald, invece, scosse la testa.

«Vi odio», scattai, rimettendomi dall'altra parte del letto.

Riuscii quasi a sentire la voce di Maddox nella mia testa dire *Questa è rabbia buona, piccola strega. Usala.*

Se esisteva un modo per sedurre quei guerrieri senza ritrovarmi legata a loro per sempre, l'avrei trovato. Girandomi dall'altra parte, mi strinsi su me stessa con un sospiro.

Sarebbe stata una lunga notte.

* * *

RESTAI a letto per tutta la mattina nonostante fossi rimasta sola fino a mezzogiorno, momento in cui Maddox finalmente riemerse dalla foresta. L'espressione rigida sul suo volto mi fece capire che era vicino a perdere il controllo.

Quando chiesi, lui mi disse, «Ragnvald è con il branco. Se preghi, piccola strega, allora prega affinché sia la pace a regnare su quest'incontro. Perché la sua bestia non risponderà bene delle minacce.»

«Se il suo controllo è così fragile, perché gli hai permesso di andare?»

«Perché ha bisogno di ristabilire il suo posto nel branco. L'incontro rafforzerà il legame del branco, lo renderà più profondo, e ridarà a tutti il potere di combattere di nuovo la bestia.»

Io lasciai andare via l'aria e poi cominciai a camminare dal fuoco all'altra parte della caverna, per far scaldare l'acqua per pulire.

Poi stesi le pellicce fuori per farle asciugare.

Lo sentii d'un tratto dietro di me, e mi feci di ghiaccio. «Non essere preoccupata, piccola strega. Tornerà presto.»

«Non m'interessa se ritorna. Non m'interessa se rivedo entrambi, mai più.»

«Lo so che pensi che siamo crudeli...»

«Certo che lo penso. Mi avete presa durante la notte, incatenata per fare da esca ad un mostro. Avete imprigionato le mie sorelle per assicurarvi la mia collaborazione.» La mia vagina pulsò arrabbiata, ricordandomi che niente di tutto ciò che stavo dicendo aveva importanza. Avrei perdonato Maddox, avrei perdonato entrambi, avrei perdonato qualsiasi peccato se semplicemente mi avesse messa sul letto in quel momento, e mi avesse scopata. «Eppure non mi toccate quando ve lo chiedo. Perché semplicemente non mi lasciate andare?»

Lasciando andare l'aria, Maddox cominciò ad andare via.

«Non ve ne frega assolutamente nulla di me», mormorai. Ma nel momento in cui lo vidi girarsi, capii che avevo fatto un errore.

Lui camminò oltre me, portandosi i miei capelli con sé e tirandomi verso la caverna, oltre il pavimento pulito di sabbia che avevo reso la nostra casa, più in fondo dentro la caverna dove l'oscurità sembrava volermi mangiare. Boccheggiai quando sentii qualcosa di duro toccarmi i piedi.

«Qui», scattò Maddox, indicando una grande roccia sotto cui era ferma la catena con il ceppo che Ragnvald aveva indossato. Le rune disegnate sopra avevano permesso alla bestia di stare a bada. «Qui è dove ho tenuto il mio migliore amico, incatenato, un fratello che non ha fatto altro che salvarmi la vita—tutti i giorni, se consideri quante volte rischiavo di perdere il controllo con la mia bestia. Ha accettato le rune lui stesso, ha accettato la catena lui stesso. E non si è mai lamentato.»

«Mi stai facendo male», urlai.

«Sei *viziata*», sputò. «Non hai mai conosciuto la preoccupazione e la *paura*—»

Io lo spinsi via con tutta la mia forza, staccandomi da lui.

Lo guardai negli occhi, con i miei infuocati, i pugni stretti lungo i fianchi. «*Come osi*» sputai fuori. «*Come osi dirmi che non conosco la preoccupazione e la paura*. Avrei dato oro per avere la tua forza da uomo per tutti questi anni. Non ho fatto altro che vivere nella paura, *stupido lupo*. Non sei l'unico che ha perso qualcosa. Non sei l'unico ad avere delle responsabilità sulle spalle. Ho dovuto guardare mia madre sposare un uomo che la picchiava, solo per portarci avanti. Ho dovuto guardare in silenzio mentre mia sorella veniva *stuprata* da quello stesso uomo, indifesa, a prendersi quel dolore per evitarlo a me e alle mie sorelle. È morto prima di rivolgere le stesse attenzioni a noi, ma si è portato in qualche modo mia sorella con sé. Ho dovuto vedere mia madre lasciarsi andare all'alcol a causa della sua morte. Ho dovuto tenere la mia famiglia in piedi, le mie sorelle al caldo, al sicuro, con del cibo sotto i denti, il tutto cercando di tenere uomini *stupidi come te* a bada. Non c'è stato *mai* un giorno durante questa mia breve esistenza che passasse senza che io oscillassi tra cibo e fame, tra la vita e la morte. *Sono soprav- vissuta*» sputai, guardandolo dritto negli occhi, «—sono diventata *forte*. E poi tu mi hai presa. Mi hai rovinata. Non sarò mai più la stessa.»

La mia voce riecheggiò tra le muradella caverna, vuota e bassa. Le mie parole, quando arrivarono alle mie orecchie, non sembrarono neanche le mie.

Volevo soltanto tornare a casa… ma casa mia non c'era più. Anche le mie sorelle non avrebbero mai più creduto alla sicurezza che credevamo di avere. Come avrei potuto mai proteggerle da mostri come lui?

«È per questo che hai promesso a te stessa di non legarti ad un uomo? Per proteggere te stessa?» mi chiese, ma non mi diede il tempo di rispondere. «Non vedi quanto questo ti sta facendo male?»

Passai le mani sulla faccia, improvvisamente esausta. «Ho bisogno di stare da sola. Per favore, solo per questo pomerig- gio… lasciami sola.»

«Vieni» disse, porgendomi la sua mano, la voce improvvi- samente dolce. «Ti accompagno a raccogliere le tue erbe.»

* * *

MADDOX COMINCIÒ A TAGLIARE la legna mentre io tenevo la testa bassa e raccoglievo le mie erbe accanto al torrente. Lavorare l'uno a fianco all'altro sembrava naturale e bello, ma il mio corpo era ancora rigido dalla frustrazione e dalle parole dure che gli avevo detto prima.

Quelle volte in cui ero stata con gli uomini del villaggio, mi ero divertita. Nel momento c'erano le parole, le promesse sussurrate solite, che non avrebbero avuto più nessuna valenza una volta finito il momento.

Ma i miei istinti mi dicevano che sarebbe stato diverso con i Berserker, che mi avrebbero legata a loro in un modo o nell'altro, e—peggio—sarei stata loro per sempre.

Anche solo guardare Maddox spingere giù l'ascia, i tatuaggi a muoversi tra le sue spalle, e tagliare legna forte come quella come fosse niente, mi faceva sentire il corpo caldo. Se mi permettevo di pensare alla scorsa notte, riuscivo a ricordare la sensazione che avevo provato... come se il mio corpo avesse aspettato una vita intera per il loro tocco.

Come se loro avessero aspettato secoli per il mio.

Girandomi per dare le spalle a Maddox, continuai a prendere le erbe che mi servivano. Ero una curatrice, niente di più di quello, ed ero in grado di concentrarmi soltanto sul mio lavoro. Avrei trovato il mio posto in mezzo a quei due uomini senza perdere me stessa.

Dopo qualche minuto mi resi conto che invece del suono dell'ascia che tagliava la legna, c'era soltanto silenzio. E non il silenzio della foresta—pieno di insetti, e del cinguettio degli uccelli—ma *vero* silenzio, il tipo che si crea nell'aria quando un predatore è in giro, ed ogni preda trattiene il respiro.

Sentii i peli delle mie braccia rizzarsi quando riconobbi il ringhio basso dietro un cespuglio. «Maddox?»

Un'ombra sbucò fuori dagli alberi, ed io mi feci indietro prima di pensare alla forma di lupo di Maddox. Quella creatura era più grande di qualsiasi lupo normale, con il pelo nero a piccole chiazze marroni, e due canini tremendamente appuntiti. Non me li mostrò immediatamente, ed io cercai di ingoiare la mia paura.

«Maddox, sei tu?»

Non ottenni nessuna risposta dal grande lupo scuro. Io mantenni il mio posto mentre lui inclinava la testa verso di me, ma quando ringhiò di nuovo non potei evitare di fare un passo indietro. Grande abbastanza da arrivarmi alle spalle, e metà più lungo di me, la cosa che più mi metteva paura di quella creatura erano gli occhi: brillavano di una luce che non era terrena.

Lasciando cadere le mie erbe cominciai a correre. Un secondo dopo, le zampe del lupo mi toccarono le gambe, ma io riuscii a mantenermi in piedi. Non ebbi neanche il tempo di urlare prima di cominciare a correre per davvero verso la caverna, sperando che la bestia di Maddox riuscisse a ricordarsi di me.

Sentii un respiro caldo sul mio collo nel momento stesso in cui venni tirata verso gli alberi, trovandomi faccia a faccia con Maddox per un secondo, prima che si mettesse davanti a me.

«Stai giù», mi urlò. Io mi abbassai, poi diventai un tutt'uno con il terreno mentre l'ululato infastidito del lupo si mischiava a quello arrabbiato di Maddox. Quando mi permisi di guardare, c'erano soltanto peli neri e muscoli tatuati. Il lupo di Maddox lo stava abbracciando.

Fu lì che mi ritrovai ad urlare. Essendo un guerriero, non c'era modo che quella bestia potesse reggere a confronto con Maddox.

Ma quando Maddox e il lupo cominciarono a lottare, il guerriero non sembrava più un uomo. Il suo corpo si era fatto più grosso, le sue braccia sembravano più lunghe, così lunghe che quando si buttò sul lupo quasi toccarono il terreno. Unghie giganti uscirono dalle sue dita, e i suoi canini uscirono dalla bocca.

L'urlo mi morì in gola.

«Sabine.» Ragnvald si era materializzato silenziosamente

al mio fianco, alzandomi e portandomi verso la sicurezza della mia caverna.

Io lo strinsi dal pantaloncino. «Lo devi aiutare!»

«Ha la situazione sotto controllo» mi assicurò Ragnvald, anche se sembrava lui stesso preoccupato.

Rischiai uno sguardo dietro di me, ma la lotta doveva essersi spostata verso la foresta, lasciando soltanto alberi rotti davanti ai miei occhi.

«Sei rimasta ferita?» Mi mise giù, accarezzandomi.

«Io—» La mia testa si girò nel momento stesso in cui sentii un rumore provenire dalla foresta. Maddox. Il guerriero tatuato sembrava stanco, ma era umano, anche se i suoi canini erano ancora innaturalmente lunghi.

Mi staccai immediatamente da Ragnvald e corsi da lui. Maddox mi acciuffò, stringendomi forte tra le sue braccia ma non sul suo corpo. Le sue braccia e il suo petto non avevano graffi, ma i pantaloni che aveva addosso erano strappati.

«Che cosa è successo? Stai bene?» chiesi, assicurandomi che non avesse nessuna ferita prima che lui mi prendesse gentilmente il polso.

Dopo un momento, riuscì a tirare fuori un grugnito gutturale. «Sto bene.»

«Tu—tu gli sei semplicemente saltato addosso... non ti sei fermato.» La mia voce uscì fuori a metà tra un singhiozzo e un pianto silenzioso. Non potevo prendere abbastanza aria.

Maddox mi lasciò andare il polso, e mi strinse tra le sue braccia.

«Calmati adesso.» La sua voce era vicina al mio orecchio, la sua mano sul mio collo, a spingere la mia testa sul suo petto. «Sei al sicuro. Non ti è successo niente.»

«Respira, Sabine», mi ordinò Ragnvald. Io feci di tutto per sistemare il mio respiro.

«Che cosa è successo?» chiese Maddox all'Alpha, da sopra la mia testa.

«Uno del branco. Deve avermi seguito dalla riunione, e l'ha sentita. È colpa mia—»

«No, non è vero.» Mi staccai da Maddox per quanto le sue braccia mi permettessero. Mi teneva ancora stretta. «Sono andata troppo lontana. Sono stata stupida—»

«Sh, silenzio» mi ordinò Ragnvald, ma senza cattiveria. «Sei qui perché noi ti abbiamo portata qui, e ti abbiamo promesso protezione. Siamo Berserker. Non c'è nessun posto al mondo in cui potrai mai essere più sicura di quanto lo sei qui con noi. Non ci dovrebbe essere nessun posto in cui temi di camminare. Soprattutto nel nostro territorio.» Sospirò, e la sua espressione dura si dissipò. «Detto questo, devo chiederti di restare più vicina ad uno dei due fino a quando non divento più forte. Quando sarò di nuovo al potere, sarò in grado di mantenere anche i più piccoli sotto controllo. La colpa è mia, soltanto mia.» Inclinò la testa, e aspettò che io annuissi per fargli capire che stavo accettando le sue scuse.

Mentre Ragnvald si allontanava per occuparsi dell'intruso, Maddox rimase con me. Sembrava incapace di lasciarmi andare.

Io poggiai le mani tra di noi. «Sto bene. Mi ha solo spaventato, tutto qui.»

«Guardami, piccolina.» Un piccolo sorriso dolce gli incurvava le labbra. Io mi sentii mancare il fiato al cambiamento. Quando lasciava andare via quella sua espressione burbera, diventava meravigliosamente bello. «Mi sei sembrata parecchio preoccupata per me...» disse, il tono divertito.

«Certo che sì», dissi, poggiando la fronte contro il suo petto, vicino le mie mani. «Se tu muori, chi mi resterà da odiare?»

Una piccola risatina fece vibrare il petto sotto la mia fronte ed io chiusi gli occhi, trovando improvvisamente pace in quel suono perfetto. Maddox restò semplicemente a stringermi, ed io lo lasciai togliermi i capelli dalla faccia.

Le sue dita restarono su di me anche quando mi staccai dal suo tocco.

«Non c'è un membro del branco in grado di sconfiggermi. Anche Ragnvald è mio eguale. Non devi avere mai paura.»

Io alzai gli occhi al Cielo. «Non ho paura.» Quando cercai di staccarmi del tutto, lui mi strinse di nuovo tra le sue braccia.

«Ce l'hai un bacio per il vincitore?»

«Lasciami andare, Maddox, altrimenti dico a Ragnvald che desidero vedere chi tra i due è il guerriero migliore. Ed io mi siederò a guardare, e pregherò che ti stacchi la lingua.»

«Che parole dolci, Sabine. Ma se mi odiassi davvero, pregheresti che mi tagliasse la gola.»

«Se continui a parlare lo farò.»

* * *

RAGNVALD TORNÒ POCO DOPO, e cercò chiaramente di ignorare Maddox intento a sorridere verso di me con un'espressione stupida in volto.

«È stato Gunnr», ci informò l'Alpha. «Ho chiamato i suoi fratelli guerrieri e gli ordinato di tenerlo sotto controllo.»

«Sta bene?», chiesi.

Ragnvald mi guardò sorpreso della mia domanda. Sorpreso di vedermi interessata al benestare del mio aggressore.

Io scrollai le spalle. «Fa parte del branco. Se uno di voi si fa male, il resto lo sente. Non è vero?» Non sapevo come facessi a saperlo, ma il modo in cui Ragnvald mi guardò mi fece capire che avevo ragione. Di più—mi fece capire che ero a conoscenza di qualcosa che aveva il peso di un segreto.

Alla fine, Ragnvald inclinò la testa verso di me. «I Berserker si riprendono in fretta. Maddox gli ha fatto male soltanto abbastanza per farlo andare via.»

Maddox accettò quella frase come fosse un complimento. «Non c'era bisogno di ucciderlo. Gunnr ha sentito Sabine e non è riuscito a resisterle. Conosco molto bene la sensazione.»

«Anche io la conosco. Ma ciò che è successo oggi non succederà mai più», disse Ragnvald in tono severo. «I suoi fratelli guerrieri lo terranno in forma di Lupo, e lui correrà da solo lontano dal branco per qualche giorno, come punizione. Sarà d'avvertimento anche per gli altri. Imparerà a controllarsi, o la prossima volta sarò costretto a tagliarlo fuori dal branco.»

Persi il respiro. «Maddox ha detto che quella è morte certa.»

«Un lupo solo è un lupo morto», concordò Ragnvald. «Ma sarà la punizione necessaria per chi attacca ciò che è mio. Il branco sta tornando sotto il mio controllo, e chiunque proverà a minacciarti, o a prendere ciò che non è loro, risponderà delle proprie azioni direttamente a me.»

«E a me», grugnì Maddox.

«Tornerà l'onore nel branco. I guerrieri si metteranno in riga, sotto la minaccia dell'esilio», disse Ragnvald. «Fino a quel giorno, faremo più attenzione a te, piccola strega.»

«Non sono scappata, all'inizio» gli dissi, ignorando lo sguardo intenso che mi stavano riservando entrambi. «Pensavo che fosse Maddox.»

«Il mio lupo è più scuro. Completamente nero.»

«Non è colpa tua, Sabine. Ristabilirò le regole. Più forte divento, più sarò in grado di tenere l'ordine all'interno del branco. Come Alpha il mio controllo dovrebbe essere il più forte, e riuscire a far calmare anche i membri più deboli.»

«Se quello era un membro solo, come saranno gli altri?»

Immediatamente ebbi un pensiero tremendo. «Le mie sorelle sono con quegli uomini.»

«Le tue sorelle sono al sicuro», mi rassicurò Ragnvald. «Non le teniamo vicine al branco. Soltanto i membri più forti sono di guardia.»

«E poi, le tue sorelle non hanno lo stesso problema che hai tu con la Luna. Quando il Calore ti prende, il tuo odore chiama i Lupi come il canto di una sirena», mi disse Maddox.

Io arrossii.

Ragnvald si schiarì la voce. «Muriel e Fleur non sono in pericolo. Ti do la mia parola. Il che mi ricorda...» Ragnvald portò la mano dentro la tasca, e mi porse una piccola corona di fiori fatta di steli intrecciati insieme, una parte piena di fiori blu, e una parte piena di fiori bianchi. Le mie sorelle gemelle le facevano spesso, per venderle al mercato. Muriel sceglieva le piante migliori, e Fleur le intrecciava insieme con le sue dita esperte.

«Grazie», tirai fuori. Portai il piccolo intreccio sulle labbra e mi girai, sentendo la mancanza delle mie sorelle così tanto da sentirmi mancare il terreno sotto i piedi. Mi sentii sollevata di sapere che le mie sorelle stavano bene abbastanza da creare piccole corone di piante, meravigliata del modo in cui la mia vita era cambiata, e... nessun odio per i miei rapitori. Ricordando il calore delle zampe del Berserker dietro di me che mi aveva fatto prigioniera, cercai l'odio, la paura, ma non c'era niente. Non c'era nessuno.

Quando mi resi conto di quanto poco odiassi i miei rapitori mi sembrò di perdere la testa, e dopo aver poggiato tutte le mie cose sul letto, mi portai le mani sul viso, a coprirmi gli occhi.

«Sabine?»

Le mie spalle si strinsero nel momento in cui sentii mani dolci toccarmi i capelli.

«Non devi nasconderti da noi, Sabine.»

Sospirai addolorata quando sentii il nodo nel mio petto disfarsi, le mie lacrime scendere sulle guance come se tutta la paura che mi aveva presa prima fosse andata via. Braccia forti mi alzarono delicatamente e mi poggiarono sul letto, dove Ragnvald continuò a stringermi e ad accarezzarmi, le dita di Maddox sulle mie braccia mentre piangevo.

«Sei così forte, Sabine. Ma non devi essere forte tutto il tempo. Puoi lasciarti andare, e lasciarti portare da noi.»

Coprendomi la bocca per paura di mettermi a singhiozzare, mi liberai dalla loro stretta per sedermi sul letto. Loro si alzarono con me, accarezzandomi i capelli.

«Tu ti prendi cura di noi», disse Ragnvald. «Permettici di prenderci cura di te. Puoi fidarti di noi abbastanza da lasciarcelo fare?»

«Non posso. Io... ho preso un voto. Ho promesso di non lasciarmi mai andare con un uomo.» Fissai duramente il pavimento. «Vi voglio più di quanto pensavo fosse possibile... e vorrei non fosse così.» Le mie mani tremarono. «Mi spezzano a metà, questi sentimenti. Mi odio per questo.» Presi un respiro spezzato, cercando di calmarmi. «Vorrei essere fatta di pietra.»

«Se lo fossi non saresti chi sei oggi», mormorò Ragnvald. «Non saresti in grado di guarirci.»

Io mi morsi il labbro. L'amore era una debolezza. Se mi fossi lasciata andare ad esso, sarei stata legata a loro per sempre. Non ci sarebbe più stata nessuna Sabine senza Ragnvald e Maddox. Non potevo rischiare.

Maddox si inginocchiò di fronte a me. «Sai come vengono formati i Berserker?»

Io sbattei le palpebre, confusa per il cambio di argomento improvviso. «La strega vi ha trasformati in guerrieri per il Re.»

«Sì, questo è il modo in cui la maggior parte del branco è diventato un Berserker, ma non tutti. Non io.» Strinse le mie mani, portandole sulle mie gambe mentre raccontava la sua storia. «Nel mio vecchio paese, Ériu, io ero un principe, pronto a diventare Re. Ma ero orgoglioso. Ero un tipo molto orgoglioso, e credevo che il potere venisse dal regnare con una mano salda.

Una notte d'inverno, una vecchia donna venne a pregare alla mia porta, ma invece di mostrarle carità, io la mandai via. Venne per altre tre notti, in cerca di aiuto, e per tre notti io ignorai le sue richieste, pensando che accontentare i miei servi mi avrebbe fatto apparire debole. La terza notte lei rivelò ciò che nascondeva sotto il mantello, e scoprii che si trattava di una strega. E perché non le avevo mostrato nessuna pietà, lei non ne mostrò a me. Mi maledisse con la magia nera, che mi lasciò schiavo di una bestia crudele. Divenni un emarginato tra la mia stessa gente. Se potessi parlare al mio io più giovane, gli dire che la dolcezza e la pietà non rendono una persona debole. La rendono più forte.»

«Posso darvi dolcezza, posso darvi anche pietà, ma…» un singhiozzo minacciò di uscire se avessi continuato.

«È più di quello che meritiamo, dopo ciò che abbiamo fatto», mormorò Maddox. Con un pezzo di stoffa mi asciugò le lacrime. «Forse però è abbastanza.»

Presi il suo viso tra le mani, le mie dita ad accarezzare le sue ferite vecchie di secoli. Aveva perso tutto. Se non fosse venuto a prendermi, avrebbe perso tutto un'altra volta. Non c'era neanche un accenno di tristezza nel suo sguardo, solo ammirazione, dolcezza… e qualcosa di più.

«Mi dispiace che la strega ti abbia maledetto.»

«A me no. Mi ha portato da te.» Girando la testa, Maddox mi baciò dolcemente il palmo. «E tu vali ogni singolo giorno di dolore.»

Io sorrisi, e la sua lingua si fece più audace, i suoi denti a mordere leggermente le mie dita.

Ragnvald tolse i miei capelli dal collo e mise le labbra sulla spalla opposta a quella che Maddox aveva morso la notte scorsa. Persi il respiro quando mi accorsi che i loro tocchi stavano portando a galla il mio calore un'altra volta, facendomi perdere la testa.

Parlai prima di perdere tutti i sensi.

«Come puoi dire una cosa del genere? Sarebbe stato di certo meglio non conoscermi affatto, piuttosto che penare per secoli e secoli…»

«Forse», disse Maddox. «Ma non è così che andata, ed è inutile guardare al passato. Quello che ho passato mi ha portato qui, e qui è dove ci sei tu.» Le sue mani si attaccarono alle mie caviglie, scivolando su, sulle mie gambe, alzando la mia gonna. «Ho accettato il mio destino, piccola strega. Forse è arrivato il momento di accettare il tuo.»

«Basta parlare» disse Ragnvald, ma non a me. «Dobbiamo reclamarla. È arrivato il momento.»

Maddox salì nuovamente sul letto, ed io mi staccai da Ragnvald per sedere in mezzo a loro.

«Reclamarmi?» chiesi, girando la testa dall'uno all'altro.

«Ti darà la nostra protezione. Ti terrà al sicuro quando andremo dal branco.»

«Ma cosa—»

«Sh», Maddox poggiò un dito sulle mie labbra. «Tu lo vuoi tanto quanto noi. Ti ho guardato scappare dall'affetto di tutti gli uomini del villaggio. Ti stancavi di loro immediatamente, e non ne portavi mai nessuno a casa con te. Vorresti tornare da loro, per saziare il tuo desiderio? Non mentirmi» aggiunse, avvertendomi con il suo tono.

«No. Non li voglio.»

«E allora resterai», disse Ragnvald. «Perché non ti permetteremo di andartene.» Ragnvald prese un polso, e Maddox ne prese un altro, ed insieme mi strinsero con mani ruvide e braccia muscolose, quelle dita come fossero catene.

Il mio sangue prese a scorrere più veloce dentro le mie vene, l'odore del mio Calore così forte da impregnare la caverna. Mi stavano togliendo la possibilità di scegliere... eppure io non mi ero mai sentita così libera.

«Allora, fratello... chi di noi dovrebbe reclamarla per primo?» chiese Ragnvald.

«Andrò io. Mi sembra giusto, visto che sono stato fermo a guardarla per Lune e Lune, senza poter fare nulla, per aspettare il momento giusto per la caccia.» Maddox mi girò verso di lui, e mi strinse il viso tra le mani. «E che caccia meravigliosa è stata.» Si prese le mie labbra in quel momento, ed io in risposta presi le sue, affamata, vogliosa. Quando si staccò da me, i suoi occhi si erano fatti scuri. «Oggi, nel bosco... avrei potuto perderti.»

«No», sussurrai. «Tu eri lì. Sapevo che mi avresti tenuta al sicuro.»

Lui grugnì. «Sabine. Non mi merito la fiducia che leggo nei tuoi occhi...»

Spingendo il guerriero tatuato indietro, mi alzai su di lui e feci ciò che sognavo di fare dal primo momento in cui avevo visto il suo corpo nudo nella foresta. Poggiando la bocca sul suo petto, usai la mia lingua per tracciare le linee dei suoi tatuaggi. I suoi muscoli danzavano sotto la mia lingua, il suo respiro si fece più frenetico. Scoccai la lingua contro un suo capezzolo.

Maddox perse il respiro. «Tu mi farai impazzire.»

«Un bel modo di perdere la testa», disse Ragnvald. Aveva liberato il membro dal perizoma e lo teneva in mano, toccandolo mentre ci guardava.

Baciai lo stomaco di Maddox scendendo sempre più giù, trovando quella linea sottile di peli che portava al solco tra le sue gambe. Rimase fermo immobile come se i suoi lineamenti fossero davvero fatti di pietra, ma quando la mia lingua si avventurò più sotto, lo sentii tendersi come se gli avessi fatto male.

Mi fermai, alzando la testa.

Le sue mani ruvide mi strinsero i capelli. «Non ti fermare. Non ti fermare mai.»

Io girai la testa, baciandogli il palmo della mano.

Le sue mani erano larghe, piene di cicatrici, tatuate e velate di leggera peluria. Potevano alzare rocce enormi, rompere catene di ferro, uccidere un uomo, ma in quel momento erano sulla mia testa, le dita a scivolare tra i miei capelli, spingendomi su verso di lui per rubarmi un bacio.

Si prese le mie labbra come se prenderle fosse vitale come respirare, ed io glielo lasciai fare, aprendo la mia bocca, invitandolo ad entrare. Quando interruppe il bacio, una mano era ancora ferma tra i miei capelli, e spinse le nostre fronti insieme.

«Ho aspettato così tanto tempo per toccarti, Sabine.» Le parole uscirono fuori come se avesse passato fin troppo tempo a nasconderle dentro di sé, come convinte di non poter mai vedere la luce del Sole. «Quando ti ho vista per la prima volta, ho pensato che non fossi reale.» Mi tolse delle ciocche dal viso, scappate alle mie trecce. «Capelli come il miele, pelle come il latte. Eri dietro il tuo bancone al mercato, circondata da erbe e fiori. Avrei voluto comprarti, tenerti tra le mie braccia per sempre.»

Io rimasi ferma immobile, ferma su di lui mentre le sue mani accarezzavano il mio corpo nudo, la pelle tra i seni, la mia pancia, e poi finalmente in mezzo alle mie gambe. Due dita entrarono dentro di me. Il suo tocco mi scosse il corpo da capo a piedi, ed in quel momento, lui si prese tutto di me. Lui era Dio ed io ero la sua sacerdotessa, una vittima sacrificale che voleva esserlo, che era pronta a gettarsi tra le fiamme per lui. Le sue dita si mossero dentro di me con veemenza, esperte, ed io mi ritrovai a non essere più una donna, ma una fiamma che danzava sul suo desiderio.

Con un sorrisetto, Maddox continuò a muovere le sue dita dentro di me fino a quando non venni scossa dal piacere. Fu così forte che tutto dentro di me prese a tremare, ed io desiderai averne ancora. L'unica cosa che avrebbe potuto saziare quel mio desiderio era il suo cazzo dentro di me.

Un attimo prima Maddox mi aveva liberato dalle sue dita e le aveva portate alla bocca, per poter leccare il mio sapore da esse. L'attimo dopo mi ritrovavo sul letto, i polsi stretti sulla mia testa.

«Maddox...» I miei fianchi presero a muoversi verso l'alto, vogliosi. «Voglio—»

«No, Sabine», mi interruppe Ragnvald. «Non sei tu a dare gli ordini. Tu sei nostra, e farai ciò che vogliamo.»

Io tremai.

«Rilassati. Stai tranquilla.» Con i muscoli tesi, Maddox si abbassò su di me, il membro tra le mani. Portò la sua punta vicino la mia entrata, stuzzicandola. Provai ad alzare i miei fianchi per farlo entrare, ma lui mi tenne ferma sul letto, il suo corpo a torreggiare sul mio. Lentamente, con gli occhi nei miei, lui prese a muovere i fianchi, stuzzicando con la sua lunghezza le mie labbra bagnate.

Alla fine smisi di lottare, e mi rilassai sotto il guerriero. Le mie mani, strette tra le sue, si aprirono per supplicarlo. «Per favore.»

Lui mi baciò con forza, la sua lingua a spingersi dentro la mia bocca, e fu in quel momento che sentii la sua lunghezza spingersi interamente dentro di me. Le mie pareti si strinsero immediatamente intorno a lui, ed in un attimo io fui sua.

Girandosi, finii sopra di lui, sentendo il suo cazzo ancora più dentro di me. Presi a muovermi su e giù, trasformandomi in una creatura selvaggia.

D'un tratto lui si tirò fuori, ed io mi lamentai mentre mi teneva i fianchi in alto, rifiutandosi di farmi sedere ancora una volta sul suo cazzo.

«Dai piacere anche a mio fratello, prima.»

La mia testa si girò verso Ragnvald mentre lui spostava i miei capelli, tirandoli per farmi alzare da sopra il corpo del suo amico. Mi fece posizionare a quattro zampe, facendomi finire con la faccia rivolta verso Maddox. La mia vagina ebbe uno spasmo, ululando silenziosamente per il desiderio, e il mio corpo si fece molle tra le mani dell'Alpha mentre lui mi muoveva dove voleva. Il mio corpo aveva riconosciuto il suo padrone.

Con una mano sul mio collo, Ragnvald forzò la mia testa verso il basso prima di spingersi con violenza dentro di me, facendomi stringere con forza le pellicce sotto il mio corpo. Era stato molto più doloroso, prenderlo, ma sentii le mie pareti piano piano abituarsi a lui. Maddox sorrise guardando Ragnvald prendere possesso di me, masturbandosi nel frattempo. Guardarlo così mi fece perdere la testa.

Stringendo i miei capelli Ragnvald mi fece alzare sulle ginocchia, la mia schiena sul suo petto. I suoi denti trovarono la mia spalla, e morsero.

Io urlai. Il dolore si fece strada sul mio corpo come fuoco, e il piacere portò l'orgasmo a prendere possesso di me. L'Alpha si lasciò andare ad un urlo basso e graffiato mentre il mio orgasmo bagnava il suo cazzo. Per quanto violentemente giocasse, quando mi mise di nuovo giù sul letto, le sue mani furono gentili.

Io sbattei le palpebre, guardando Maddox. Mi ero ritrovata tra le sue gambe, le guance quasi sulla sua coscia. Il suo cazzo era duro e alzato verso di me. Nel momento stesso in cui il mio corpo smise di essere gelatina, io mi girai e lo presi tutto in bocca. Succhiando fino a quando le mie guance non si fecero scavate, ed i gemiti non cominciarono a riverberare sul mio corpo, lo feci venire con un urlo simile a quello del suo compagno, e poi mi sedetti su di lui, soddisfatta. Il suo seme colava dalle mie labbra, i miei umori dalla mia vagina.

Fissando i due uomini, mi leccai le labbra.

«Ricominciamo?»

CAPITOLO 7

*L*a Luna ci lasciò andare, facendo spazio al Sole. Ci alzammo e rimettemmo a letto insieme ancora e ancora, e i due guerrieri ruppero il Calore e il legame con la Dea dentro di me tutto il tempo. Il mio corpo si muoveva in mezzo ai loro, uno marchiato e l'altro puro, entrambi pieni del potere della Dea, proprio come me.

Le onde del desiderio mi presero più di una volta, portandomi all'estremo, buttando giù ogni mio muro, ogni mia battaglia. La potenza dei miei orgasmi mi fece perdere la vista e la testa, ma i miei due amanti mi tennero saldamente, il mio corpo al sicuro e la mia mente lontana, persa nei pensieri.

Quando alla fine mi stesi, loro mi strinsero tra le braccia, e diventammo uno.

* * *

QUANDO MI SVEGLIAI A METÀ MATTINO, Ragnvald mi diede un soffice bacio prima di andare ad incontrare il branco. Maddox invece rimase, e lo sentii fischiettare mentre sistemava la legna vicino al nostro fuoco. Io aspettai che si girasse prima di prendere un pezzo di stoffa bagnato e lavare le mie gambe e le pieghe delicate in mezzo ad esse. Avevo qualche piccolo livido, notai con soddisfazione, e la mia intimità era stanca e dolorante. L'acqua fredda allievava tutto quanto.

Un'ombra d'improvviso scese su di me, ed io mi alzai di scatto, gettando lontano il panno. «Che succede, Sabine? Sei ancora timida attorno ai tuoi amanti?»

«Io non sono la tua amante, Lupo» dissi, aggiustandomi la gonna.

La sua pausa scioccata mi fece ridacchiare. «E che ne dici di ieri notte?»

«Quello era il Calore e basta», gli dissi con voce altezzosa.

Lo choc andò immediatamente via, rimpiazzato da un sorrisetto furbo. Io cominciai a camminare indietro quando lo vidi avanzare.

«Era il Calore anche quando mi hai stretto a te per impedire che lasciassi il letto? Era il Calore, quando hai urlato il mio nome, e mi hai fatto promettere di rimanere dentro di te per sempre? Mi hai marchiato, Sabine.» Si girò, mostrandomi graffi rossi sulle sue spalle.

«Mi dispiace—»

«A me no.» Si fece rigido. «Ti penti di quello che abbiamo fatto?»

«No, no», dissi, impaziente. «Mi è piaciuto. E l'ho permesso.»

Maddox si fece più vicino, la fronte aggrottata. «Non è questo che ti ho chiesto.»

Io afferrai una pelliccia, mettendola tra di noi. «Il Sole è ancora alto. Devo andare a mettere queste fuori!»

Ma Maddox mi strinse il braccio prima che riuscissi a scappare. «Sabine. Dimmi che succede.»

«Non succede niente! Stai semplicemente rendendo ieri

notte qualcosa di più di ciò che è stata davvero.» Mi mostrai infastidita. «Ora lasciami stare.»

Lui mi lasciò, ma quando parlò di nuovo, la voce intrisa di autorità, io mi ritrovai a fermarmi contro la mia volontà. «Ricorda le regole, Sabine. Non mentire.»

«Non sto mentendo. Ieri notte io ti volevo, e tu mi volevi, e ci siamo divertiti insieme.»

«E...?»

«E... niente. Cos'altro c'è da dire? Ti sei preso il mio corpo—» Contro la mia volontà, mi ritrovai ad arrossire. «—molte volte. Ed io te ne sono grata. Il Calore si calma dopo la Luna piena, ma se non faccio nulla quando è alta nel Cielo, il desiderio non se ne va mai via del tutto.»

«E che mi dici di adesso? Il desiderio è andato via?»

Io rimasi in silenzio. Il desiderio portato dalla Luna era andato via, la risposta era sì. Ma adesso c'era qualcosa di più caldo, di più dolce a farmi sentire strana. «L'estro è finito. Adesso sto meglio.»

La sua voce si fece nient'altro che un sussurro profondo, che arrivò in parti del mio corpo che avrei voluto non raggiungesse più. «Ti ricordi all'inizio, cosa abbiamo detto? Abbiamo promesso che ti avremmo reclamata.»

«Me lo ricordo. E come ho detto, non vi siete presi nulla che io non fossi disposta a dare.»

«Non è così che funziona il nostro reclamare una persona.»

«E come funziona, allora, Lupo?»

Il suo sorrisetto comparve di nuovo, si fece più furbo. «Te lo direi volentieri... ma ho come l'impressione che sarà più divertente mostrartelo.»

Io non feci altro che alzare le mani in aria, in un gesto spazientito. «Okay, come ti pare.»

Maddox prese a ridacchiare. «Dirò a Ragnvald che non credi di appartenerci, quando ritorna a casa.»

«Io non vi appartengo, infatti.»

Il suo sorrisetto si fece più largo. «Oh, sì», disse, più a se stesso che a me. «Sarà divertente.»

* * *

MA QUANDO RAGNVALD TORNÒ A CASA, loro parlarono soltanto del branco e di come se la stesse passando. Io rimasi in silenzio ad ascoltarli con interesse.

«I fratelli guerrieri di Gunnr lo hanno portato in una lunga escursione di pattuglia. Andranno a tenere d'occhio la frontiera. La bestia sarà contenta di tirar fuori la propria frustrazione su un intruso non voluto, e se dovesse liberarsi del tutto, saranno comunque troppo lontani per costituire una minaccia.»

«Cos'è un fratello guerriero?», chiesi.

«Sono guerrieri all'interno di un branco che condividono un legame più profondo con un altro guerriero rispetto agli altri. Siamo tutti legati insieme, come hai immaginato tu, ma alcuni sono più vicini di altri. Come Alpha, io sento tutti all'interno del branco, prendo la forza dai più per darla a chi ne ha bisogno.»

«E come nasce questo legame fraterno?»

«La magia del branco lavora da sola», scrollò le spalle Ragnvald.

«L'unica cosa che so io è come si è formato il nostro», disse Maddox. «Io ho salvato la vita di Ragnvald... e lui ha salvato la mia. Il nostro legame si è fatto più forte in quel momento.»

«La Bestia lo ha indebolito?»

«Soltanto perché gliel'ho permesso», mi rispose Ragnvald. «Se avessi perso la testa, l'ultima cosa che volevo era portare Maddox alla follia insieme a me. Così ho permesso alla bestia di mordere il legame e staccarlo.»

«Vorrei tanto che tu non l'avessi fatto», disse Maddox a bassa voce. «Avrei forse potuto aiutarti per più tempo, se il nostro legame fosse rimasto forte come un tempo.» Il silenzio prese posto alle parole, pieno di dolore mai espresso ad alta voce.

«Si può riparare?» chiesi, mantenendo la voce bassa.

«Si può», mi confermò Maddox, il tono lievemente più felice. «Si sta già riparando. Il legame permette a due Lupi dominanti di lavorare insieme, piuttosto che di combattersi a vicenda. È così che possiamo guarire il branco da eguali... ed è così che possiamo condividere una donna.»

«Non solo condividerla. Accoppiarci con lei. Averla come compagna», aggiunse Ragnvald. Ma prima che potesse dire qualcos'altro sull'argomento, io lo interruppi.

«Sembra che si stia preparando per piovere. Potreste portarmi al torrente? Vorrei prendere un po' di saponaria prima che il freddo la congeli del tutto.»

Divertito, l'Alpha acconsentì alla mia richiesta. Volutamente ignorai Maddox ridacchiare dietro di me.

* * *

QUEL POMERIGGIO, la pioggia forte ci tenne chiusi dentro la caverna. Io mi tenni occupata organizzando le mie erbe, mentre Maddox affilava una spada e Ragnvald semplicemente fissava il fuoco, l'intensità del suo sguardo a farmi intendere quanto perso fosse nei suoi pensieri. Probabilmente riparare il legame con il branco era ciò che stava facendo in quel preciso momento, nonostante a guardarlo e basta avrei detto che non stesse facendo proprio nulla.

Il ricordo della nostra notte d'amore era ancora nell'aria. E i due uomini avevano il loro modo unico di impedirmi di dimenticarlo—il tocco di una mano, lo spostamento gentile dei miei capelli mentre mi avvicinavo al fuoco, tanti milioni di piccoli tocchi che mi infuocavano il corpo. Mi avrebbero incatenata a loro ancora una volta, e quella volta non avrebbero usato catene. Mi avrebbero cambiato i pensieri, li avrebbero connessi ai loro, e anche se mi avessero lasciata andare io non sarei più stata la stessa.

Cominciai ad incamminarmi a passo di marcia verso la bocca della caverna quando rimasi senza nulla da fare, a fissare senza poter trovare pace gli alberi fitti della foresta bagnati dalla pioggia.

«Non ti dai pace, Sabine?», mi chiamò Maddox. «Possiamo trovarti noi qualcosa da fare.» Quando io mi girai, le mani sui fianchi, lui aggiunse, «A meno che la notte scorsa non abbia cancellato ogni singola goccia di desiderio da quel tuo corpo meraviglioso. E no», disse in fretta, alzando un dito, «Non mi mentire. Possiamo sentire la puzza di una bugia anche da qui.»

«E va bene!» dissi, esasperata. «Vi voglio. Tutti e due.» Alzai il mento, altezzoso. «Questo non vuol dire che ci sia qualche strano significato dietro.»

«Un giorno ti puniremo per queste bugie—non solo verso di noi, ma verso te stessa. Ma fino a quel momento, soffri pure, continua a negare ciò che vuoi.»

«E cosa sarebbe ciò che voglio?» chiesi, ma nel momento stesso in cui posi quella domanda, mi resi conto di quanto pericolosa fosse.

Maddox poggiò per terra ciò che aveva in mano, e venne da me. «Tutto, Sabine», disse, voce bassa e profonda. «*Tu vuoi tutto.*»

«E noi siamo pronti a dartelo.» Ragnvald non aveva perso quel suo sguardo concentrato, ma non era più diretto verso il fuoco. «Tutto ciò che abbiamo, è tuo.»

Io cominciai a guardare da tutt'altra parte tranne che loro. «Per quanto mi… piaccia la vostra compagnia, una volta che Ragnvald sarà guarito io preferirei tornare al villaggio.»

«E cosa ti aspetta, lì?» mi chiese Maddox. «Una vita fatta di stenti? Una vita in cui sposi un bruto, e ti prepari a dargli quindici bambinelli sperando che qualcuno di loro riesca a vivere?»

Io strinsi le labbra insieme.

«Sabine. Tu puoi essere di più. Possiamo essere di più... insieme.»

Io scossi la testa. «Non posso... per favore.»

«Maddox», chiamò Ragnvald, e la voce sembrava stanca. «Lasciala stare.»

«E va bene. Lascerò perdere... per ora. Ci sono cose più interessanti di cui occuparsi in questo momento.» Il suo sorriso si fece giocoso. «Per esempio, dovremmo parlare della tua punizione.»

«Punizione? Non è abbastanza questo esilio?» allargai le braccia per indicare la caverna, che nonostante tutto—mi resi conto—era diventato un posto quasi piacevole in cui stare. «Che cosa potreste fare per punirmi? Legarmi ad un albero sotto la pioggia?»

«Certo che no», sbuffò Maddox. «Altrimenti chi si prenderebbe cura dei nostri cazzi, stanotte?»

Io gettai una pelliccia su di lui, ma lui la prese in tempo. Ovviamente.

«Di certo non io.»

Lui si toccò il naso. «Un'altra bugia. Solo il pensiero di essere punita ti fa eccitare. Mi chiedo come mai...?»

Incrociando le braccia sul petto, decisi di giocare con lui. Il bisogno mi scorreva nelle vene; non il desiderio della Luna, ma una sensazione molto più profonda, come se la notte scorsa avesse aperto le porte ad un desiderio più profondo, ed io ne avessi avuto un solo, piccolo assaggio. Una goccia, ed io adesso volevo l'oceano.

«Molto bene. Sono curiosa. Per che cosa mi punireste?»

«Stamattina hai negato di appartenerci. Tu sei nostra,

Sabine, ed è arrivato il momento di imparare che cosa significa.»

Si girò verso Ragnvald, annuendo. Il loro umore era leggero, gioviale, come se stessero giocando ad un gioco che conoscevano bene. Ma nessuno dei due stava sorridendo.

«Sei sotto la nostra protezione. Se ti comporti male, ci saranno delle conseguenze.»

«Conseguenze?»

«Il branco resta in piedi perché il potere è ben bilanciato», disse Ragnvald. «Quelli che sfidano chi è più forte di loro vengono messi al loro posto. Ma le donne sono rare. Sono molto spesso più deboli dei maschi, e devono essere protette. Le compagne umane sono quelle più deboli. Quindi i lupi mannari insegnano le loro compagne in maniera diversa.»

«Quindi mi menerete?»

«No, non esattamente.»

«E allora cosa?»

Maddox mi fu addosso prima che potessi rendermene conto. In un attimo mi trovai sulle sue gambe, a faccia in giù, il vestito alzato sulla mia vita. Presi a scalciare selvaggiamente. «Cosa stai facendo?», urlai.

«Ti mostro esattamente come verrai punita» disse, poi mi accarezzò una natica, prima una e poi l'altra, prima di stringerle.

«Smettila!»

I miei tentativi di liberarmi risultarono soltanto nelle sue gambe strette attorno alle mie per farmi stare ferma, le mie mani dietro la schiena. I miei piedi presero a muoversi da soli mentre lui continuava a carezzare il mio sedere. Poi, senza preavviso, portò la mano giù violentemente.

Mi aveva dato uno schiaffo.

Il mio urlo riecheggiò dentro la caverna. Provai a liberarmi, ma Maddox mi strinse soltanto più forte.

«Questo è uno» disse, e poi schiaffeggiò un'altra volta, più forte di prima. Quella volta fece male.

«Così è abbastanza!»

«No, così sono due.»

Ragnvald scoppiò a ridere. Io lo maledissi, e persi il fiato quando Maddox prese a darmi schiaffo dopo schiaffo, senza farmi respirare. Il dolore non era insopportabile, ma era l'umiliazione a far male, a farmi sentire come una bambina cattiva che stava venendo punita per qualcosa che aveva fatto di sbagliato.

«Ti giuro che ti ammazzo, lupo.»

Maddox rispose a quella mia frase schiaffeggiandomi l'interno delle cosce, ed il dolore in quella parte sensibile del mio corpo mi fece venire le lacrime agli occhi. Mi morsi le labbra per non mostrare ad alta voce quanto stessi soffrendo.

«Pensi che abbia imparato la sua lezione?»

«Glielo chiedo», disse Maddox. «Ci obbedirai, Sabine? Non puoi parlare, puoi soltanto annuire.»

«Io—»

Il suono acuto dello schiaffo sulla mia natica mi fece stringere i denti.

«E va bene, proviamoci di nuovo. Ci obbedirai? Non hai il permesso di parlare.»

Io annuii, una volta soltanto.

«Brava bambina.»

Non smise di schiaffeggiare il mio sedere, ma i colpi andarono in più di una sola parte. Arrivarono forti e veloci, lenti e affilati, in ogni angolo del mio sedere. Quelli che mi ritrovai ad odiare davvero furono quelli sull'interno delle mie cosce. E non importava cosa facessi, non riuscivo ad anticiparne neanche uno. Così rimasi semplicemente in silenzio, gli occhi chiusi.

Il mio corpo si tese quando sentii Maddox colpire prima una natica e poi l'altra ripetutamente, senza fermarsi.

«Respira, Sabine», ordinò, ed io realizzai solo in quel momento di aver trattenuto il respiro. Lo lasciai andare velocemente.

Lasciati andare, sussurrò qualcosa dentro di me.

Io mi rilassai sotto le mani del mio aggressore, ed immediatamente mi sentii invadere da un senso di pace. Quelli erano i miei uomini. Non mi avrebbero fatto del male.

Maddox doveva aver avvertito la mia resa, perché d'un tratto smise di schiaffeggiarmi e semplicemente accarezzò le mie natiche, portando il mio calore di nuovo in alto.

«Stai andando così bene. E il tuo bel culo è di un rosa parecchio piacevole, adesso.» Mi schiaffeggiò altre due volte. Il dolore mi arrivò al cervello, e si trasformò in qualcosa di completamente diverso. D'un tratto la mia vagina prese a pulsare, bisognosa, aperta.

Mi lamentai, portando il mio sedere in alto per toccare la sua mano.

Lui lo coprì con la mano, godendosi il calore, ma quando le sue dita scesero lentamente in mezzo alle mie gambe io gemetti immediatamente. La mia schiena s'inarcò in avanti, disperatamente in cerca del suo tocco.

«Per la Luna...» respirò. «Sei zuppa.»

Ragnvald rise.

Nel momento stesso in cui il suo tocco venne meno, io mi girai tra le sue braccia, le mie dita strette su di lui. Lui mi prese semplicemente, e mi guardò sorpreso quando ringhiai davanti il suo viso, fingendo di dargli un morso. Continuai a dimenarmi, e le sue mani si strinsero su di me.

«Smettila», mi ordinò, e quando il suo ordine non riuscì a calmarmi lui mi fece girare nuovamente e mi tenne ferma lì.

I miei fianchi salirono in alto, preganti. Gemetti e pregai, una creatura selvaggia in cerca di sesso.

«Pare che tu abbia tirato fuori il lupo che c'è in lei», ridacchiò Ragnvald. «Posso annusare i suoi umori da qui.»

Tenendomi stretta sotto di lui, Maddox mi fissò. Io strinsi i denti, senza dire nulla. Non avevo bisogno di parlare.

«Cosa ne farai di lei?» Sentii Ragnvald avvicinarsi a noi.

«Adesso me la scopo», disse Maddox con la sua voce profonda, facendomi rabbrividire e gemere nello stesso momento. «E me la scopo per bene.» Il suo corpo si spinse sul mio, pressando tutti i punti giusti con delizioso intento.

«È questo che vuoi?» I suoi fianchi si mossero, e il suo membro si avvicinò pericolosamente alla mia entrata. «Puoi parlare, adesso.»

«Sì», pregai. «Per favore!»

«Sei stata cattiva, ad attaccarmi in questo modo. Come le chiamiamo le piccoline che cercano di mordere i loro padroni?»

«Cattive. Sono molto cattiva.» Avrei ammesso qualsiasi cosa pur di far continuare quel suo movimento contro di me. «Per favore…»

«E cosa ti meriti?»

«Una punizione.»

«L'ultima ti è piaciuta fin troppo. Non ti ha insegnato proprio nulla.»

«Magari una punizione differente, allora», propose Ragnvald.

Maddox mi girò nuovamente. «A quattro zampe, Sabine. Porta il tuo culetto in alto.»

Aspettai in quel modo fino a quando sentii qualcosa di freddo contro l'apertura del mio sedere. Mi strinsi su me stessa, e provai ad alzarmi. «Che cosa è?»

«No.» La mano di Maddox schiaffeggiò la mia natica. «A quattro zampe. Devi obbedire.»

Riluttante mi rimisi in posizione. Maddox spinse il mio vestito sopra la mia testa, mentre Ragnvald si muoveva dietro di me.

«Respiri profondi, Sabine. Fuori, e dentro.» Qualcosa si

spinse sulla mia apertura secondaria, bruciando all'inizio prima di entrare del tutto. «Questo farà allargare questo bel culetto per noi, così che un giorno potremo scoparti insieme.»

Io gemetti a quella nuova sensazione, ma la mia vagina era completamente bagnata e pronta. «Per favore, scopatemi.»

«Dammi piacere, prima» disse Maddox, il suo membro alle mie labbra. Io lo succhiai, lavorando con la mia bocca meglio che potessi. Il mezzo delle mie gambe era fin troppo vuoto.

Ragnvald cominciò a pompare dentro e fuori nel mio lato b, facendomi allargare fino a quando non fu più dolore quello che sentivo.

«Non perdere l'attenzione su di me.» Maddox strinse la mia testa. «Dammi piacere.»

«Adesso ti schiaffeggerò», disse Ragnvald. «Mordi Maddox, e ti appenderemo dai polsi ad un albero fuori, togliendo qualsiasi cosa tu abbia addosso per lasciarti completamente nuda. Capito?»

Io annuii. Con una mano nei miei capelli, mi guidò per prendere Maddox interamente fino in gola. Mentre succhiavo, il palmo duro della mano di Ragnvald catturò la parte di sotto del mio sedere, spingendomi in avanti. Lo schiaffò punse, ma era sopportabile. Io continuai a spingere la testa avanti e indietro, da brava, mentre Ragnvald continuava a punirmi. La mia vagina prese a fremere di nuovo, non ce la facevo più.

«Vi prego, vi prego» mormorai sul cazzo di Maddox.

Ragnvald si inginocchiò dietro di me e strinse i miei capelli, tirandoli. «Il plug resta dentro.» E quello fu l'unico avvertimento che mi diede prima di entrare dentro di me, meravigliosamente profondo.

I guerrieri si mossero insieme, uno dietro di me ed uno

dentro la mia bocca. Con il plug dentro mi sentii così piena da scoppiare.

Miei stessi gemiti scossero il mio corpo, ed io mi ritrovai a tremare, la lingua intorno al cazzo di Maddox.

«Sottomettila.»

Le dita di Ragnvald si strinsero sui miei fianchi. Lo sentii imprecare mentre veniva, rilasciando tutto il suo seme dentro di me. Io tremai, a malapena in grado di restare in quella posizione.

Maddox mi tenne in piedi con una mano, il tocco gentile.

«Facciamo a cambio.»

Nel momento stesso in cui sentii il mio sapore sul cazzo di Ragnvald, persi me stessa. Il mio stesso sapore mi fece diventare selvaggia, ed io ne desiderai ancora di più.

«Per Dio...», respirò.

«Preparati», mi avvertì Maddox.

«Apri.» Ragnvald mi strinse il viso tra le mani, scopandomi la bocca.

E nello stesso momento, Maddox mi strinse i fianchi e cominciò a scoparmi anche lui.

Quando spinse forte una seconda volta, fu lì che persi il mio controllo e venni. Gemetti sul cazzo di Ragnvald mentre lui si tirava fuori. Senza fiato, abbassai la testa e cercai di non perdermi del tutto.

«È così che scopiamo le cattive ragazze che dimenticano il loro posto. A quattro zampe, indifese.»

Io mi persi con ogni singola spinta. I miei pugni si strinsero sulle pellicce, ma anche quello fece poco per evitare che continuassi ad andare più avanti. Con un orgasmo già andato, mi spinsi verso l'alto, le mie pareti a succhiare il cazzo di Maddox insaziabili, il mio sedere verso l'alto, pronto ad incurvarsi per prenderne sempre di più.

Il cazzo di Ragnvald danzava davanti a me, schiaffeggiandomi le guance prima che lo prendesse e cominciasse a pomparlo con le sue mani, guardandoci.

Maddox gemette, un suono roco e profondo, e uscì fuori da me per bagnarmi il sedere del suo seme.

«Sei stata fortunata. La prossima volta che ti puniamo, ti scoperemo e lasceremo il nostro seme ad asciugarsi sulla tua pelle. Non riceverai nessun piacere, soltanto l'odore dei nostri orgasmi.» Mi diede un altro forte schiaffo per rendere chiaro il concetto, ma io non feci altro che fare le fusa, soddisfatta.

* * *

QUELLA NOTTE, i due uomini non smisero mai di toccarmi, e mi permisero a malapena di alzarmi da sola. Quando Maddox si alzò per andare a preparare la carne, Ragnvald rimase invece sul letto con me, a stringermi su di lui facendomi bere dal corno che aveva in mano. Il drink era fruttato ma sapeva di alcol, e infatti non ci volle molto prima di sentirmi più leggera. Quando il cibo fu pronto, Maddox mi diede i pezzi migliori, e poi mi fece succhiare le sue dita. Io circondai ogni singolo dito con la mia lingua, ridacchiando del gioco.

Mentre la Luna si faceva più alta nel Cielo, io ed i miei uomini ci coricammo tra le pellicce un'altra volta. Maddox prese a massaggiarmi i piedi, mentre Ragnvald accarezzava i miei capelli, ed entrambi mi raccontavano storie del loro passato. Il vento soffiava dentro la caverna, alzando qualche piccola fiamma dal nostro fuoco, ed io mi ritrovai presto ad alzare le mani come se potessi catturarle.

Ragnvald se ne accorse presto, e quando mi guardò lo vidi sorridere dolcemente. «Allora, Sabine. Come ti senti ad essere la nostra consorte?»

Il tocco dei miei uomini riusciva a far incendiare le mie

pieghe delicate in mezzo alle gambe. La mia voce venne fuori bassa e leggera. «Sono parecchio contenta.»

Maddox ridacchiò. «Abbiamo trovato il modo di soddisfare la nostra donna. Prima la schiaffeggiamo, e poi la scopiamo.» Alzò un mio piede e mi baciò le dita, come per alleviare l'arroganza nella sua voce.

«Sono la vostra donna, allora?» chiesi, perché ero troppo stanca per discutere.

«Lo sei già da un bel po'. Altrimenti non saresti stata in grado di curare Ragnvald.»

Immaginai che non avessero tutti i torti. «E come facevate a sapere che fossi quella giusta? Che la strega non vi stesse mentendo?»

Ragnvald e Maddox si scambiarono degli sguardi, e per la prima volta io riuscii a capire che stavano contemplando se dirmi la verità oppure no. Alla fine, il sì sembrò avere la meglio, e dopo una lunga pausa fu Ragnvald a parlare. «Tua sorella...»

«Quale sorella? Muriel o Fleur?»

«Nessuna delle due.» Si fermò abbastanza da permettermi di indovinare da sola la sua prossima parola, abbastanza da far sprofondare il mio cuore nel petto. «Brenna.»

Io mi alzai. «Come fate a conoscerla? Sapete dov'è? Potete portarmi da lei?»

«Appartiene ad un altro branco dei Berserker», mi fermò Ragnvald. «Il tuo patrigno l'ha venduta a loro. Pensava di mandarla a morte certa, e invece l'ha salvata. L'avevano cercata per molto tempo, come avevamo cercato noi te. Anche a loro la strega aveva detto di una donna... che era stata marchiata da un lupo.»

«Marchiata da un lupo?» chiesi, confusa. Mi ci volle qualche secondo per capire. «La ferita nel collo, l'attacco del cane.»

«Sì. Non è stato un cane ad attaccarla, ma un lupo. La

magia in lei è sempre stata più forte, e noi crediamo che abbia attirato un lupo mannaro senza controllo verso di sé. Ha cercato di accoppiarsi con lei.»

«Accoppiarsi?»

«Di farla sua, con un morso.» Si indicò la spalla. In quel momento realizzai che entrambi i lupi mi avevano marchiato le spalle durante i nostri momenti intimi. «Sono morsi d'accoppiamento. Adesso li ha anche lei, ma appartengono ai suoi compagni reali, gli Alpha che l'hanno reclamata.»

La mia mano andò sulla mia gola, dentro la quale si era formato un nodo. In qualche modo mi aveva fatto perdere il respiro, la realizzazione che avevo avuto ragione per tutto quel tempo, e che dentro di me sapevo che fosse così. «È viva...»

«E sta bene», disse Maddox. «Anche lei vuole vederti.»

«Non volevamo dirti subito di lei, perché in passato il nostro branco ed il suo hanno avuto dei... problemi. Non sapevamo dove vivesse, e non potevamo assicurarti che avresti potuto vederla. Non volevamo farti soffrire ancora di più. Ma è da un po' che mandiamo messaggeri, e che loro ne mandano a noi. Entrambi i branchi si stanno comportando come si deve... per te, e per tua sorella.»

La mia mano si poggiò sul mio petto, dove quel dolore piacevole continuava a rendermi troppo difficile respirare. Maddox si inginocchiò di fronte a me, prendendomi le mani nelle sue.

«Io... io pensavo che voi mi aveste tolto tutto quanto», sussurrai. «E adesso invece... sembra che siate gli unici a rimettere insieme i cocci della mia vita.»

«Noi sentiamo la stessa cosa con te, piccolina» mormorò Ragnvald in risposta.

«Siamo noi il tuo destino» disse Maddox, e per la prima volta non sentii neanche il bisogno di combattere contro di lui.

«Prima di poter incontrare Brenna e il suo branco, però, tu dovrai incontrare il nostro», mi disse Ragnvald. «Vogliono incontrare la donna che li ha salvati, e ringraziarla.»

Io accettai, e quando alla fine si fece l'alba, richiesi di andare prima al torrente, per potermi lavare e preparare al meglio.

Quando uscii dall'acqua e strizzai i capelli, mi ritrovai a desiderare un nuovo vestito invece della stoffa che non avevo fatto altro che utilizzare e utilizzare da quando ero stata incatenata nella caverna. Ma dopo essermi sistemata abbastanza da poterlo rimettere addosso, mi ritrovai a mani vuote: il vestito non c'era più.

«Cercavi questo?» Maddox uscì fuori dai cespugli con in mano un vestito—non quello ultra usato che avevo indossato fino a prima di farmi il bagno, ma uno nuovo, un bellissimo vestito verde e dorato.

«E quello da dove l'hai preso?»

Alzai gli occhi su di lui, e non potei fare a meno di notare quanto bello lui fosse con quei suoi pantaloni nuovi e i capelli tirati indietro, bagnati dal suo stesso bagno.

«Abbiamo mandato un lupo al mercato. Non possiamo portarti ad incontrare il branco nuda—per quanto a loro sicuramente piacerebbe.» Maddox poggiò su una roccia il vestito. «Ma prima—» mi tirò sulle sue braccia, facendomi sedere su una roccia. Poi si sciolse i pantaloni, ed il suo cazzo sbucò fuori immediatamente. Mi prese di nuovo, per sedersi al mio posto, e in un attimo era dentro di me. Io mi attaccai alle sue braccia mentre lui pompava da sotto di me, le mani sui miei fianchi ad alzare il mio corpo al ritmo con le sue spinte. Non si fermò fino a quando le mie urla non arrivarono al Cielo.

«E questo per che cosa è stato?» chiesi, dopo il mio orgasmo.

«Per marchiarti», rispose Ragnvald da dietro di me.

Maddox mi rimise dentro l'acqua, e in un attimo Ragnvald mi spinse su di lui, facendomi inclinare completamente. Mi scopò da dietro, pompando forte e con violenza, e si tirò fuori un secondo prima di venire, spargendo il suo seme sulla mia schiena.

«Mi sono appena lavata!», protestai.

«Vero», disse Maddox con un sorrisetto. «E adesso finalmente odori di nuovo di noi. E noi odoriamo di te.»

Quando mi girai, Ragnvald aveva il mio vestito pronto tra le mani, e mi aiutò ad entrarci dentro. Entrambi i miei uomini erano di nuovo vestiti, almeno sotto la vita. I loro petti erano sempre scoperti.

«Abbiamo un altro regalo.» Maddox mi spinse indietro i capelli mentre Ragnvald prendeva un sottile collare d'argento rivestito di piccoli filamenti in oro che sembravano essere repliche perfette degli anelli che loro indossavano sulle loro braccia.

«Questa collana ti marchia come nostra», disse Ragnvald, mettendola intorno al mio collo con aria cerimoniosa. «Io sono tuo, Sabine di Alba. Vivrò e morirò per te, e mi prenderò cura di te come nessun altro potrebbe mai fare.» Mi poggiò un dolce bacio sulle labbra, e poi Maddox ripeté le sue stesse parole, le sue stesse azioni.

«Vieni», disse lui dopo aver finito, porgendomi la sua mano. Io la presi, sentendomi gioiosa e spaventata allo stesso tempo. Erano cambiate così tante cose... pensavo che questi due guerrieri mi avessero rovinato la vita, e invece adesso non potevo fare a meno di guardarli e rendermi conto che mi avevano riunita alla mia famiglia. Avevano aggiustato la mia vita, invece di rovinarla.

«Lo capisci che faremo tutto ciò che sarà necessario per proteggerti?», chiese Maddox.

«Sì.»

Maddox annuì a Ragnvald, che prese la parola. «Ci sono

delle regole alle quali devi obbedire quando siamo in branco, Sabine. Questo incontro con loro ti metterà alla prova, perché dovrai essere pronta a comportarti come si deve per quando andremo dall'altro branco. Non puoi disobbedirci in pubblico. Devi restare in silenzio, devi tenere la testa bassa, e non devi mai guardare nessuno negli occhi.»

Io persi il respiro. «Come?»

Quando mi rispose, la voce di Ragnvald era bassa e seria. «Sono queste le regole. I Lupi sono abituati a vedere le loro donne sottomettersi a loro.»

«Ma io non sono un Lupo.»

«No, ma appartieni a noi. Insieme siamo uno solo, ed è per questo che attraverso di noi tu diventi parte del branco. Dovrai sottostare alle regole del branco, altrimenti verrai punita.»

Io strinsi i denti. Vidi Ragnvald attendere una mia risposta piccata, ma io non la diedi mai.

L'unica cosa che feci dopo qualche minuto fu annuire, e lui ripeté la mia azione. «Questa è l'ultima regola: dovrai restare dietro di noi per tutto il tempo.»

«E come farò a sapere dove andare, se i miei occhi devono stare sempre per terra?»

Fu in quel momento che notai la piccola catenina che portava tra le mani. La alzò, attaccandola al collare che mi aveva messo al collo. «Seguirai noi.»

«No», dissi, ma lui aveva già attaccato il collare, e aveva fatto un passo avanti.

Io forzai i miei piedi sul terreno. «Mi porterete nel branco come fossi un cane?»

«Sei fortunata che non devi metterti a quattro zampe, come una vera femmina di lupo.» Spinse di nuovo la catena in avanti. Io la strinsi tra le mani, tirandola verso di me.

«Io—» Ma le parole mi morirono in gola. Volevo vedere

le mie sorelle... ma a che prezzo? «Questa cosa è umiliante. Lo capite, vero?»

«I lupi e i guerrieri vivono secondo regole ben precise. Non sono scritte, ma sono regole comunque. Quando fai parte di un branco, hai un posto ben preciso all'interno di esso. Io sono il capobranco. Quando Maddox è entrato nel branco sarebbe stato l'ultimo in linea, se non fosse stato più intelligente e più forte... e se non mi avesse salvato la vita. Il branco lo ha accettato poco dopo come vice, perché è il corso naturale delle cose.»

«Ho comunque dovuto battermi per quella posizione. A volte lo devo ancora fare», aggiunse Maddox.

«Ma tu non puoi combattere per avanzare di posizione. Se anche noi ti dessimo il permesso di provare a sfidare qualcuno del branco per torreggiare su di lui e prendere il suo posto, non riusciresti a sconfiggere neanche il lupo più debole, Sabine. E questo ti colloca alla fine del branco. Questa catena ti protegge, non fa nient'altro se non questo. Ti marchia come nostra.»

«Mi fa sentire un cane e una schiava.» Le mie guance stavano bruciando, per la rabbia e per l'imbarazzo, e per qualcosa di più. Incatenata e con il collare, sotto il comando di Ragnvald, mi sentivo come un trofeo di guerra, vinta dopo una battaglia. Il mio corpo mi tradì immediatamente, rispondendo a questo pensiero e a questa situazione come al modo violento di scoparmi che avevano avuto poco prima. E il sorrisetto che incurvò immediatamente le labbra di Maddox mi disse che entrambi riuscivano a sentire ciò che provavo davvero.

«Schiava o consorte, qual è la differenza?», chiese Maddox. «Vieni e vai secondo i nostri ordini. Mangi ciò che ti diamo. Condividi il letto con noi.»

Io lo guardai. «Quello non succederà più.»

Lui rise. «Va bene, come vuoi. Non ti forzeremo.» Mi

accarezzò la guancia con il dorso della mano, prima di allontanarsi. «Ti lasceremo pregare per averci nel tuo.»

«Tu sei nostra, Sabine», disse Ragnvald, ed io non potei negare il desiderio che crebbe immediatamente nel sentirlo reclamarmi così. «Sei nostra da tenere al sicuro. Nostra da possedere. E ci obbedirai.»

«Non voglio fare questa cosa...» sussurrai.

Con un sospiro, Ragnvald strinse la catena tra le sue mani e mi spinse verso di lui attraverso essa. Quando parlò, però, la sua voce era gentile. «Questa catena ti protegge. Non possiamo incontrare il branco senza fartela indossare. Un giorno sarai libera di camminare tra i membri del branco senza di essa. Quando la bestia sarà addomesticata, vivremo come uomini e donne normali. Ma per ora... per ora è troppo pericoloso. Dobbiamo mantenere le regole di un branco. Per tenere tutti al sicuro.»

Il mio stomaco si contrasse all'idea di presentarmi di fronte ad un branco come fossi un oggetto trainato da qualcun altro. Ma l'avrei fatto, se non per i miei guerrieri, almeno per Muriel e Fleur. Presi un profondo respiro. «E va bene. Lo indosserò. Però, per favore, quando andremo dalle mie sorelle...»

«Non te lo faremo indossare di fronte a loro. Le teniamo lontane dal branco, e potremo togliertelo quando sarai soltanto con loro.»

«Ma il collare dovrà restare nel tuo collo. Quello dovrai indossarlo, sempre», insistette Maddox.

Io portai le dita sull'anello sottile attorno al mio collo. Potevo sopravvivere almeno a quell'imposizione. «D'accordo.»

Con un piccolo sorriso d'approvazione, Ragnvald cominciò a camminare. Gli permisi di guidarmi, quasi attaccata a lui con gli occhi sul terreno. Era più semplice camminare in quel modo, con gli occhi abbassati.

«Brava, Sabine. Restami vicina.» Ragnvald sembrava parecchio soddisfatto, quasi orgoglioso di me.

Camminammo per la foresta, ed io dimenticai di provare vergogna. La giornata era così bella, che ancora da soli io alzai gli occhi per godermi gli uccellini che spiccavano in volo, il Sole alto nel Cielo, a gettare la sua luce dorata sugli alberi intorno a noi. Più continuavamo a camminare, però, più io sentivo un odore diverso, selvaggio e a me sconosciuto. Sentivo un rumore in lontananza, e dopo un po' alla fine mi decisi a chiedere cosa fosse.

«È il mare», mi disse Maddox. Si mantenne sempre più vicino quando alla fine uscimmo dalla foresta. Ragnvald si fermò, e per un attimo, persa nel momento, dimenticai i miei obblighi e continuai a camminare. La catena mi fece fermare immediatamente. Con le guance un'altra volta in fiamme, ritrovai il mio posto accanto a Ragnvald, un passo indietro. L'Alpha più alto di me aveva un'espressione molto seria in volto.

«Ricordati di non guardare nessun lupo negli occhi, Sabine. Guardarli negli occhi è un modo di sfidarli, e non finirebbe bene per te. E neanche per chiunque di loro che si permetterebbe di prendere la sfida sul serio.»

Io strinsi i denti.

«Se ti viene troppo difficile guardare a terra, puoi sempre guardare Ragnvald. Oppure me», mi sussurrò Maddox, e le sue labbra sul mio lobo mi fecero rilassare immediatamente. «Se guardi da qualsiasi altra parte, verrai punita.» Il suo tono di voce era serio, ma la luce nei suoi occhi mi fece intendere che lo divertiva il pensiero di dovermi punire.

Con le labbra curvate, gli mostrai i denti come fossi stata un Lupo anch'io. Lui scoppiò a ridere.

«Mantieni questo coraggio che mi piace tanto, piccola strega.»

«Dai, andiamo» disse Ragnvald, e il suo tono serio ci

rimise in riga. Camminammo sul campo, facendo attenzione ai bordi. L'erba era soffice sotto i miei piedi, e quando azzardai un'occhiata all'orizzonte, non vidi nient'altro che la distesa celeste del Cielo, come se il villaggio non fosse mai esistito.

«Queste montagne si sporgono sul mare», disse Maddox. «Gli uomini non vengono mai da queste parti, così l'abbiamo resa casa nostra. La vista e il suono del mare può rilassare la nostra mente.»

«Io non l'ho mai visto», gli sussurrai di rimando, come fosse un segreto. Probabilmente lo era. Non lo avevo mai detto a nessuno.

«Un giorno ti porterò in barca» mi disse Maddox con un sorriso. E quando sorrideva il suo viso si faceva così bello, che ero certa il mio cuore non sarebbe mai stato in grado di reggerlo.

«Sai portare una barca?» chiesi, poi però mi ricordai la sua storia.

«Certo che sì, come pensi che ci sia arrivato qui? Adesso silenzio.» Due uomini uscirono fuori da due grandi rocce di fronte a noi, e avevano quella stessa apparenza consumata che avevano Maddox e Ragnvald quando li avevo conosciuti. Immediatamente abbassai gli occhi. Odiavo fingere di essere una sottomessa, ma quando sentii la mano di Maddox stringere dolcemente la mia mi sentii meglio.

Ragnvald parlò agli uomini in una lingua bassa e gutturale che io non capivo, prima di cominciare a parlare di nuovo una lingua che potevo capire. Restai in allerta, aspettando che lui mi tirasse in avanti. Quando lo fece mantenni lo sguardo basso, ma gettai qualche occhiata intorno a me con la coda dell'occhio.

Il branco si era accampato al centro di un cerchio di grandi rocce. Uomini erano seduti attorno ad un grande focolare. Salutarono Ragnvald con un pugno sul petto e gli occhi abbassati come i miei. Lui li salutò con un cenno del capo, e poi continuò ad avanzare verso la roccia centrale, sulla quale salì per poter torreggiare su tutti gli altri. Anche con gli occhi sul terreno riuscivo a sentire il loro addosso.

«Inginocchiati, bimba» mi mormorò Maddox all'orecchio, prima di gettare delle pelli di fronte a me sul terreno.

Ragnvald si sedette subito dopo, e Maddox rimase in piedi alla mia destra.

Sotto gli occhi dei guerrieri, io mi attaccai alla gamba di Ragnvald, inginocchiandomi. Furono le immagini ad intrattenere la mia mente—non potevo guardarli negli occhi, quindi fu la mia mente a guardarli per me—e li vidi combattere, cacciare, distruggere. Andavano in battaglia con addosso nient'altro se non pellicce di lupo e perizomi, e le asce e le spade dei nemici non potevano fare loro del male.

Maddox abbassò la testa un'altra volta per sussurrare al mio orecchio. La sua voce per un attimo non arrivò nemmeno, ma alla fine riuscii a capire cosa stava dicendo. «Non riescono a smettere di guardarti. Sei la creatura più bella che abbiano mai visto.»

Il battito accelerato del mio cuore sembrò rilassarsi a quelle parole. Poi Ragnvald parlò al branco.

«Berserker. Vi ho riuniti qui oggi per incontrare Sabine, la curatrice che mi ha salvato. Per quanto possa essere la più debole all'interno del branco, il ruolo che ricopre è uno d'onore, e il debito che le dobbiamo è troppo grande per poter essere ripagato. Grazie alle sue arti curative potremo incontrare il branco dei Berserker nella montagna tra qualche giorno, e saremo forti abbastanza da incontrarli da eguali.»

A quelle parole i Berserker alzarono la voce, contenti, sbattendo le loro armi e i loro scudi in un rumore terrificante.

«Sabine, alzati», comandò Ragnvald e Maddox mi aiutò

quando si rese conto che non sarei riuscita a rispondere a quel comando con velocità. I guerrieri presero ad acclamarmi, urlando più forte mentre i due Alpha mi tenevano stretta, ad entrambi i miei lati. Umile eppure improvvisamente infuocata, non mi sentivo più una schiava, o un pezzo di carne. Ero un ospite d'onore.

«Porta Sabine dalle sue sorelle mentre parlo con il branco.» Ragnvald lasciò la catena nelle mani di Maddox. Io tenni gli occhi bassi ma il mento era alzato, mentre camminavo intorno agli uomini del branco.

«È una buona cosa che il branco ti accetti, Sabine. Perché non hai per niente l'aria di essere docile.»

Io mantenni la mia espressione neutrale, e lui in quel momento rise. «Non fingere, tanto l'umiltà non ti si addice.»

Quando alla fine fummo lontani dal campo visivo e uditivo del branco, mi girai a guardarlo.

«Devi ritenerti fortunato se condividerò il letto con te anche solo un'altra volta, Lupo», minacciai.

Lui spinse la catena ed io resistetti più a lungo possibile prima di fare un passo avanti. Mi ritrovai inesorabilmente vicina a lui, e opposi resistenza quanto potessi senza farlo sembrare come se stessi disobbedendo.

«Non ci credi neanche tu. Riesco a sentire il tuo calore da qui. Possono ancora loro.» Io suoi occhi brillavano. «Loro ti bramano. Quando qui avremo finito, io e Ragnvald ti riporteremo nella caverna, e ti prenderemo così tante volte che alla fine ti ritroverai ad urlare i nostri nomi.» Venni scossa dai brividi, forti abbastanza da indebolire le mie gambe, e Maddox fece scivolare un braccio intorno alla mia vita prima di portarmi più in fondo nella foresta.

Nel momento in cui restammo completamente da soli, il guerriero tatuato lasciò andare la mia catena. Io alzai le braccia e le portai sul suo collo, le mie mani tra i suoi capelli mentre lui reclamava la mia bocca con un bisogno selvaggio.

Stringendo le gambe intorno alla sua vita, mi attaccai a lui e lui mi strinse forte tra le sue braccia, accarezzandomi fino a quando fui pervasa dai brividi. Quando alla fine mi portò giù lo sentii riempirmi completamente, ed io cominciai a muovermi insieme a lui, perdendo il respiro. Maddox tenne i miei capelli stretti nel suo pugno per tutto il tempo, ed io mi rilassai mentre mi possedeva.

«Alcuni branchi si passano le loro donne da uomo a uomo, e le prendono durante il Calore davanti agli occhi di tutti. Ti piacerebbe? Ti piacerebbe essere presa davanti a tutti, o il pensiero di spaventa?»

Io persi il respiro, e poi gemetti, continuando a muovermi insieme a lui.

«Ma non permetteremmo mai a nessuno di prenderti, Sabine», sussurrò lui sul mio orecchio, con veemenza. «Preferirei morire piuttosto che vederti tra le mani di un altro.»

Qualcuno si schiarì la voce dietro di noi, ed io e Maddox ci fermammo.

Ragnvald alzò un sopracciglio verso di noi, e Maddox mi fece scendere per permettergli di staccare la mia catena.

«Ti sei comportata bene» disse, mettendola da parte. Io a malapena riuscii a sentirlo, la mia mente persa nell'immagine di lui che mi riportava nella caverna dove lui e Maddox mi tenevano, incatenata per giorni a pregare per i loro cazzi. Quando sospirai, Ragnvald sorrise come se sapesse esattamente a cosa stessi pensando.

«Le tue sorelle non sono molto lontane» mi disse, come per calmarmi.

Io annuii, e poi mi passai dita tremanti tra i capelli, per sistemarli.

Ragnvald mi porse la sua mano. Io la presi e diedi l'altra a Maddox, e insieme cominciammo a camminare. Il sentiero portava ad un ruscello meraviglioso. Nel bel mezzo del prato era stata montata una tenda enorme, grande quanto quella di un Re. Un tappeto di pelliccia era steso all'entrata. Mentre ci avvicinavamo, vidi sbucare da lì una bellissima ragazza dai capelli bruni.

«Sabine», disse lei con un sorriso.

Io mi fermai, come colpita in viso. Quella ragazza era molto simile a Brenna, solo più bassa.

Il suo sorriso si fece più piccolo. «Sorella, sono io. Muriel.»

«Ehi, Sabine» disse una voce più debole, e Fleur sbucò accanto alla sua gemella per salutarmi. Sembrava più alta, e leggermente più triste.

«Lo so chi siete» dissi, e ridacchiai tremante. «È solo che...» presi un respiro, sentendo le lacrime agli occhi. «Sembrate così grandi...»

«Non così tanto. Non è passato molto tempo», ridacchiò Muriel, e in quel momento riuscii a ricordarmi che non le vedevo da troppo. Corsi verso di loro, e immediatamente ci abbracciammo.

Ragnvald e Maddox restarono indietro.

«Loro sono gli Alpha del branco» sussurrai alle mie sorelle, ma loro non sembravano per niente impaurite.

«Lo sappiamo. Maddox è quello che è venuto a spiegarci dove tu fossi, e perché i Berserker sono venuti a prenderci.» Muriel li salutò con la mano. I suoi occhi erano abbassati, non li guardava negli occhi. Maddox doveva aver già detto loro le regole.

«Eravamo spaventate, all'inizio, ma contente che non fossimo più a casa», aggiunse Fleur.

«Perché?»

«Perché loro avevano sentito Padre Brexton dire che gli uomini del villaggio erano pronti a venire a prenderti, condannarti come strega. Non era più sicuro per noi, quindi sono venuti a salvarci.»

Mi girai immediatamente a guardare Maddox con

sguardo glaciale, ma lui non fece altro se non scrollare le spalle. Probabilmente aveva raccontato quella favoletta per evitare che le mie sorelle andassero nel panico.

Muriel sorrise verso Ragnvald. «Sono lieta che stiate meglio, signore.»

«Anche io lo sono, Muriel» disse lui, salutandola con un cenno gentile del capo, e poi si girò verso la sua gemella. «Come ti senti oggi, Fleur?»

«È stata male?» chiesi a Muriel, perché molto spesso eravamo io e lei ad occuparci di lei quando veniva presa dalla febbre.

«Il solito, e non per molto», mi rispose Fleur direttamente. «Non c'è bisogno di parlare di me come se fossi una bambina. Posso risponderti anche io.»

Io aprii la bocca per dire qualcosa, ma la richiusi immediatamente.

«E comunque adesso sto meglio. Abbiamo tutte le erbe che ci servono. Abbiamo anche aiutato uno del branco a trovarci un po' di miele.»

«Pensavo aveste detto che le tenevate lontane dal branco» dissi a Ragnvald e Maddox, ma tenni gli occhi bassi, ed il tono più calmo rispetto a quello che avrei voluto usare davvero.

«Per la loro sicurezza abbiamo tenuto delle guardie, e molte di loro le hanno avvicinate per farsele amiche.» Alzò la mano per fermare qualsiasi mia risposta. «Le tue sorelle sono trattate con grandissimo rispetto.»

«Vieni» disse Muriel, con quella sua voce calma. «Vieni a vedere dove stiamo.» Tenne un lato della tenda aperto per me, ed io entrai.

«Noi accenderemo il fuoco», disse Ragnvald. «Il branco sta portando la carne per la cena.»

«Vieni, Sabine», disse Muriel, spingendomi via da loro prima che potessi protestare.

L'interno della tenda era riccamente abbellito, con tappeti di pelliccia a coprire tutto il pavimento e alcune sedie intagliate direttamente dal legno in giro per la tenda.

«Allora vi trattano bene?» chiesi, sentendomi comunque ancora infelice. Odiavo l'idea delle mie sorelle tenute prigioniere con solo i Berserker a tenere loro compagnia.

«Certo che sì», rispose Muriel.

«Le prime notti sono state… difficili», cominciò Fleur, e Muriel si schiarì la voce. «Ma da quelle siamo state trattate molto bene.»

«Molto bene, sì.» Muriel arrossì un po', ed io aggrottai la fronte.

«Voi sapete chi sono questi uomini, sì?»

«Lupi mannari.» Muriel annuì. «E alcuni di loro non riescono a tenere sotto controllo la bestia. Ma stanno meglio, adesso. Sei stata tu ad aiutarli?»

«Sì.»

«Hanno detto che i poteri scorrono nelle nostre vene. È una cosa di famiglia», disse Fleur dalla sua sedia.

«Puoi dirci di più a riguardo?», chiese Muriel.

«Io—» esitai, non sapendo cosa più di quella frase avrei potuto dire loro.

«Sappiamo che sei una curatrice», disse Muriel, continuando dove io non riuscivo, «e sappiamo che tutte noi abbiamo qualcosa che richiama questi lupi. Una sorta di affinità.» Quel suo sorrisetto compiaciuto mi fece capire che aveva visto me e gli Alpha con le mani intrecciate.

«Quello che però vorremmo sapere è come abbiano potuto trovarci.»

Di fronte a quelle due ragazze, che sembravano molto più grandi di come le avevo lasciate, mi sentii liberare di un peso che giaceva sulle mie spalle per troppo tempo. Mi lasciai cadere su una delle sedie di legno, come se le mie gambe non riuscissero più a tenermi in piedi. «Brenna è viva.»

Entrambe si fecero rigide, ma non per lo choc. Per la felicità. Ed in quel momento realizzai che non ero stata l'unica a saperlo, nel profondo del mio cuore, che la scomparsa di Brenna non necessariamente significava la sua morte. Non ne avevo parlato con Muriel e Fleur perché le credevo troppo piccole. Ma se erano forti abbastanza da sopravvivere ad una cattura e alla prigionia, come chiaramente erano, allora si erano guadagnate il diritto di sapere della magia che ci scorreva nelle vene.

«Una tribù di Berserker—non quella di Ragnvald e Maddox, ma un'altra—è andata da una strega, che ha detto loro di una profezia riguardo una donna in grado di calmare la Bestia dentro di loro. Sono riusciti a trovare Brenna perché la donna della profezia era marchiata dalla cicatrice di un lupo.»

Muriel annuì.

«È stato il nostro patrigno a venderla a loro. Ragnvald e Maddox ne hanno sentito parlare, e immediatamente hanno pensato ad una profezia molto simile che era stata detta anche a loro. Maddox poi mi ha trovata nella foresta... dentro il torrente» dissi, arrossendo.

«E ti ha portato con lui per curarli» finì Muriel con voce calma, ed io annuii, riconoscente.

«E che succede, adesso?», chiese Fleur.

«Ho fatto un patto, per la nostra libertà.»

«E che ne è di Brenna? Possiamo vederla?»

«Ci sarà una riunione, fra qualche giorno. I miei Alpha... *gli Alpha di questo branco* mi hanno promesso che la vedrò. Spero che possano mantenere la loro parola.»

«Lo faremo, Sabine» disse Ragnvald dall'entrata. «Stiamo negoziando con il branco di Brenna, per assicurarci un passaggio sicuro per entrambe, te e Brenna. Voi due siete fin troppo importanti per entrambi i branchi. Dobbiamo assicurarci che siate al sicuro.» Si fermò sull'uscio della tenda.

Strinsi le mani sul mio grembo, maledicendo l'ondata di calore con cui mi sentii pervadere al solo vederlo lì. Dovevo ricordarmi che lui e Maddox mi avevano rapita, e che un giorno mi sarei liberata di loro, e avrei liberato anche le mie sorelle.

A meno che tu non voglia più liberarti. Ma ignorai quella parte di me che voleva tradirmi, e dissi «Grazie, mio signore. Siamo riconoscenti delle vostre cure.»

Con un sorriso che mi fece capire che sapeva perché mi stessi rivolgendo con tutta quella formalità di fronte alle mie sorelle, lui parlò poi direttamente con loro. «Magari, se questo primo incontro andrà bene, potremo ospitare Brenna qui per un po'. Una visita. Oppure potremmo portare voi da lei.»

Le mie sorelle lo ringraziarono con educazione, come se avesse dato loro la Luna piuttosto che aver appena fatto capire che non ci sarebbe stato modo di vedere la nostra famiglia senza il loro permesso. Maddox poi ci richiamò fuori, e quando uscimmo dalla tenda il cibo era pronto per la cena. Lo aveva cucinato lui stesso.

Sedemmo e parlammo di cose normali—il tempo, le erbe che crescevano vicino al torrente. Mentre il Sole calava, notai quanto Ragnvald si facesse più stanco, le ombre sotto i suoi occhi più intense. Maddox catturò il mio sguardo e mi diede un piccolo cenno d'assenso prima di cominciare a pulire attorno al fuoco.

«Accompagnatemi vicino al torrente» dissi alle mie sorelle. Con le braccia intrecciate le une alle altre, camminammo lentamente, allontanandoci dai due guerrieri.

«Siamo contente che tu sia venuta a farci visita, Sabine», disse Muriel.

«Vorrei tanto che tu potessi restare», aggiunse Fleur.

Mi si formò un nodo in gola. Mi chiesi se sarebbe stato anche solo possibile, avere un altro po' di tempo. Le mie sorelle sembravano completamente rapite dai modi dolci e attraenti di fare dei due guerrieri. Ma quella era una civiltà che camminava sul filo di un rasoio, e non c'era da dimenticarsi che eravamo comunque prigioniere.

«Anche io lo vorrei tanto, ma purtroppo servo ancora.»

«Oh, lo capiamo bene» disse Muriel, facendo un gesto con la mano, come a scacciare la mia preoccupazione.

«Lo… capite?»

«Certo che sì. Siete amanti, non è vero?»

La mia bocca si spalancò di colpo.

«Va tutto bene», continuò Fleur. «Lo sappiamo come li hai curati. Più in fretta staranno meglio, e prima potremo tornare ad essere una famiglia.»

«Anche se non nel villaggio», disse Muriel. «Ma forse potremmo crearci una nostra capanna, vicine ai Berserker.»

Avevo perso completamente il fiato, resa muta dallo choc.

Fleur si avvicinò con fare cospiratorio. «Muriel è interessata ad uno dei Lupi. Un giovane dai capelli rossi. Non fa parte di questo branco… era qui a curiosare, ed è in realtà una spia a servizio del branco di Brenna. Una lunga storia.»

Stavo perdendo la testa. «Tu… tu sei interessata ad uno di questi bruti?»

«Non sono bruti!» li difese immediatamente Muriel.

Fleur mi fece l'occhiolino, come a dirmi "Che ti avevo detto?"

«In ogni caso. I tuoi uomini sono molto belli» disse Muriel, dopo aver fatto la linguaccia alla sua gemella.

Va bene, forse non così tanto cresciute, allora.

«Non sono i miei uomini…» dissi a bassa voce.

«E allora perché ti guardano come se fossi la Dea scesa in terra? E neanche tu mi sembri così indifferente.»

«Non sono innamorata. Non posso esserlo. Non mi hanno dato la possibilità di scegliere», dissi.

«Forse dovresti chiedere a Brenna», disse Muriel, e Fleur

annuì, d'accordo. «Vive con loro da più tempo. Lei probabilmente ne capirà di più.»

Cominciai quasi a protestare di nuovo—i miei sentimenti per gli Alpha, il modo in cui le mie sorelle sembravano aver già chiaro il nostro futuro quando io ero certa che scappare fosse ciò che volessimo tutte—quando qualcosa catturò i miei occhi. Una struttura, alta fino alle mie spalle, lunga e grossa quanto due uomini, i bordi fatti di rami intrecciati insieme.

«E quella che cos'è?»

«Ci hanno tenute lì all'inizio» disse Fleur, e Muriel cercò di zittirla.

«Che cosa hai detto?», sibilai.

«Sabine», chiamò Maddox. «Avete camminato abbastanza. È arrivato il momento di andare.»

«Va tutto bene, Sabine» disse Muriel, stringendo il mio braccio, come ad avvertirmi. «Stavamo bene.»

«Non era per tenerci prigioniere, era per farci stare al sicuro. Ci hanno fatto uscire da qui nel momento in cui hanno ricominciato ad avere il controllo della propria Bestia», continuò Fleur velocemente.

«Donzelle» disse Ragnvald, avvicinandosi. «È ora di tornare nella vostra tenda. Le nuove guardie arrivano presto. Noi abbiamo bisogno di riportare Sabine a casa prima che si faccia troppo buio.»

«Sì, mio signore» dissero le mie sorelle, e mi abbracciarono per salutarmi. Poi mi scoccarono degli sguardi preoccupati quando io non risposi all'abbraccio, ma rimasero in silenzio.

Con i denti stretti, marciai verso la gabbia e la esaminai. I Berserker dovevano avere qualche kink per le gabbie fatte di rami.

«Le avete tenute in gabbia» tirai fuori, incapace di girarmi a guardarli negli occhi.

«Era necessario» disse Maddox, dietro di me.

«Dobbiamo andare», mormorò Ragnvald. «È stata una lunga giornata, e il mio controllo...»

Quando Maddox si sporse a toccarmi il braccio, io mi staccai immediatamente.

«Non mi toccare. Non mi toccare mai più.»

«Sabine, hai sentito le tue sorelle... era per la loro protezione.»

«Protezione necessaria perché tu le hai messe in pericolo!»

«Le abbiamo spostate in quella tenda due notti dopo...» Maddox provò un'altra volta a prendere il mio braccio, ed io finalmente mi girai, e schiaffeggiai la sua mano.

Mano che volò immediatamente a stringere il mio polso.

«Mi hai appena colpito?»

«Avete tenuto le mie sorelle in una gabbia!» Cercai di dargli un altro schiaffo con la mano libera, e finii stretta tra di lui, faccia a faccia con il guerriero arrabbiato.

Ragnvald sospirò, mantenendo le distanze. Riuscivo a sentire il suo controllo venire meno anche quando disse a tono basso, «Dimentichi il tuo posto, piccolina.»

«Punitemi, allora», scoccai.

«Oh, lo faremo.» Maddox mi spinse sulle sue spalle, togliendomi il respiro. Marciando oltre la gabbia ed il torrente, il viaggio si fece così veloce che dovetti tenermi alla sua cinta per non cadere. Ragnvald non ci seguì immediatamente. Mi chiesi se fosse rimasto indietro per riprendere il controllo di sé stesso.

Maddox non mi fece tornare sui miei piedi fino a quando non raggiungemmo nuovamente la nostra casa. Sentivo la rabbia infuocargli la pelle, un calore teso. A giudicare dal modo in cui i suoi occhi dorati brillavano, la Bestia era vicina ad uscire fuori.

«Sei fortunata che fossimo lontani dal branco. Saresti già

attaccata ad un albero, e alcuni di loro avrebbero anche potuto prendere il loro turno con la frusta.»

Io provai a liberarmi, ma Maddox riuscì senza problemi a sovrastarmi e ad incatenarmi, le braccia oltre la mia testa e una corda tra i miei polsi, che stava legando al ramo di un albero. Strinse in una mano il collo del mio vestito, e con un solo movimento lo stracciò completamente, lasciandomi nuda.

«No!» urlai troppo tardi, perché il vestito era già per terra, rovinato.

«Sì. Sarai fortunata se ti permetteremo anche solo di indossarlo, un altro vestito, e chissà per quanto tempo. Dovremmo tenerti legata al nostro letto, incapace di fare nulla, fino a quando non ricordi il tuo posto.»

Le mie maledizioni contro di lui volarono nell'aria fredda del pomeriggio.

«Pensi di essere così forte, Sabine. Ma aspetta di provare la frusta.»

Tirò fuori una lunga corda di pelle spessa, con una punta alla fine. Le mie labbra si curvarono nonostante stessi tremando dentro la mia stoffa leggera.

«*Fai del tuo peggio.*»

Con le labbra serrate, Maddox strinse la fine della frusta in una mano e la punta con l'altra. Lasciò andare l'ultima, che si schiantò sulla mia schiena, alla destra della mia spina dorsale, vicino alle scapole.

Io aprii la bocca, incapace di prendere aria, e mi mossi come cercando di scappare. Il rumore della frusta che sferzava l'aria non mi fece capire quanto male avrebbe fatto il contatto con la pelle. Bruciava come fuoco. Il respiro venne strappato via completamente dai miei polmoni, e il dolore mi annebbiò la mente. Il mio corpo cominciò a tremare colpo dopo colpo, ed io persi il contatto con il terreno.

«Ti prego, basta», respirai. Non potevo credere al dolore

che stavo provando con quelle poche frustate. Non sarei vissuta alla prossima.

«Adesso vuoi pregarmi di smetterla?» Fece scontrare con leggerezza la punta sulla mia schiena. Non fu abbastanza forte da fare male come gli altri, ma sentii la pelle calda in quel punto. «Vuoi pietà?»

«Per favore—» danzai sulle dita dei piedi fino a quando Maddox non si avvicinò a me.

«Non ti permetteremo di mettere in pericolo la tua vita.» Non c'era rabbia nel suo tono e nel suo viso, ma nessuna pietà in egual misura. Si allontanò da me e solo in quel momento realizzai che Ragnvald ci aveva raggiunto.

«Dovremmo semplicemente impedirle di venire a qualsiasi altra riunione futura», disse Ragnvald.

I miei polmoni si fecero piccoli piccoli. Se l'avessero fatto, io non avrei potuto vedere Brenna.

«No», sussurrai, senza voce. «Qualsiasi cosa... farò qualsiasi cosa... potete continuare a farmi male.» Strinsi la corda con le dita, aggrappandomi a lei come se da questo dipendesse la mia vita. Avrei potuto sopportare il dolore. «Obbedirò. Punitemi come dovete, per favore. Ma non impeditemi di vedere le mie sorelle.»

Con un colpo veloce, Maddox spostò la mia treccia oltre la spalla. La frustra si mosse di nuovo, all'inizio lentamente. I colpi non fecero altro che riscaldarmi la pelle. Ma quando si fecero più pesanti e dolorosi, io mi lasciai andare alle lacrime. Quando Maddox si fermò per togliermi la stoffa che avevo ancora addosso io mi lasciai andare ad un singhiozzo di sollievo. Spostò la mia treccia di lato, e cominciò a colorarmi lo stomaco e il petto di rosa con le sue frustate. Erano leggere di davanti, mi fecero tremare, ma non facevano male come quelle dietro.

Ragnvald restò lontano mentre Maddox faceva volare la frustra di fronte a me. Il suo corpo era teso, concentrato nei colpi che mi dava. Guardando quei muscoli impressionanti e quelle braccia che sapevo essere forti, ringraziai il Cielo che non stesse usando tutta la sua forza.

Quando Maddox si fermò un attimo, Ragnvald si avvicinò a me e passò una mano sulla mia pelle marchiata.

«Se qualcuno del branco ti avesse vista attaccarci—anche solo le tue sorelle—non avrei permesso a Maddox di essere così gentile», disse. «Ti avremmo portato al centro del campo, ti avremmo legata lì, e questi piccoli colpi leggeri di preparazione non ci sarebbero stati. Maddox ti avrebbe fatto male sul serio. Questi piccoli colpi gli permettono di andare avanti più a lungo senza che tu senta alcun dolore.»

Una parte della mia testa mi disse che il dolore lo sentivo eccome, ma scacciai via quel pensiero per paura di essere punita più forte. «Grazie, mio signore», dissi invece.

La sua faccia rimase priva di espressione. «Continua», disse a Maddox, che adesso teneva di nuovo la punta della frusta come aveva fatto all'inizio.

«Stai completamente ferma, Sabine, altrimenti questo ti farà male invece di bruciare un poco.»

Il primo colpo mi fece aprire la bocca, il secondo mi tolse tutta l'aria dai polmoni. Cominciai a piangere di nuovo, in agonia.

«Stai ferma, Sabine.» Era tornato dietro di me, e adesso la frusta mi colpiva le spalle, la schiena. Ogni singolo colpo faceva male come un albero intero tiratomi addosso, e mi toglieva il respiro. Ero certa di stare per morire.

È così brava, prende tutto questo dolore senza dire nulla.

Stavo quasi per girarmi, prima di rendermi conto che le voci erano nella mia testa.

Sarà ricompensata per questo. In qualche modo, sapevo che quella era la voce di Ragnvald.

Respirai un attimo quando la frusta toccò leggermente il mio sedere. Ma quando Maddox sferzò un altro colpo tra le mie cosce, io urlai a pieni polmoni. Il dolore mi prese completamente, ed io mi persi al suo interno, urlando mentre le lacrime mi scorrevano sulle guance.

«Dimmi, Sabine. Ci attaccherai di nuovo?»

«No, no, lo prometto», piansi.

«Ti sottometterai al nostro volere?»

«Farò qualsiasi cosa. Per favore.»

«Ancora un altro po'», disse Maddox. «Lasciati andare al dolore.»

Io tremai, ma annuii. Avrei dovuto provare. Non avevo altra scelta. Non avevo libertà.

«Uno», contò Maddox, sferzando la frusta contro la mia spalla destra. «Due» —la sinistra.

Io restai ferma sul posto, la faccia nascosta tra le mie braccia.

«Tre», la natica destra. «Quattro.»

Mi morsi il braccio, piangendo.

«Respira, Sabine», ordinò Ragnvald. Maddox aspettò che io obbedissi prima di continuare.

Mi concentrai sulle mie sorelle, urlando un'altra volta quando sentii la frusta sferzare sulle mie cosce, entrambe. Singhiozzando, il corpo tremante, pregai che Maddox mi lasciasse andare.

«Ancora altri quattro» disse Maddox, ed io mi sentii morire. Con il petto gonfio e i singhiozzi a farmi tremare, mi lasciai semplicemente tenere dalle corde, prima di forze, quando lo vidi davanti a me. La sua espressione era fredda, sebbene non fosse crudele.

«Non i seni, Maddox», disse Ragnvald. «Mantieniti sulla sua schiena, per questa volta. La prossima volta le faremo male davvero.»

Maddox annuì, obbedendo. Cercai di ricordarmi cosa mi avevano detto delle punizioni.

Ragnvald restò vicino a noi, guardandomi dalla sua postazione, ed io realizzai che tutto quello che Maddox stava facendo era per lui. Lo avevo portato oltre il suo controllo, e senza questo rituale per rimettermi in riga, lui sarebbe stato incapace di tenere la Bestia sotto controllo.

«Perdonami.» Non realizzai di aver parlato fino a quando Maddox non mise una mano sulla mia spalla.

«Cosa hai detto?» chiese Ragnvald, avvicinandosi.

«Perdonami, Alpha. Ho sbagliato. Non stavo pensando, non ho realizzato che avrei potuto metterti—tutti noi in pericolo.»

Ragnvald annuì, e Maddox mi liberò, prendendomi immediatamente prima che cadessi. Il guerriero tatuato mi sciacquò la faccia con un panno bagnato; ciò che era rimasto del mio vestito, pensai mestamente.

«Non vogliamo farti del male», disse Ragnvald. I suoi occhi erano tornati del loro blu naturale. «Da questo, almeno, puoi guarire.»

«Capisco», dissi, la voce bassa.

«Devi imparare.» Maddox si sporse verso di me con il viso. «Altrimenti non potremo portarti con noi all'incontro.»

«Imparerò, lo prometto.»

«Molto bene», disse Ragnvald.

Maddox mi portò dentro la caverna, poggiandomi sul letto prima di coprirmi con le pellicce. Ragnvald tenne forte la mia mano mentre Maddox si prendeva cura delle mie ferite con la salvia.

«Se avessi avuto bisogno di una punizione maggiore, non ti avremmo curato le ferite per un giorno. Se non del tutto.»

Portai la sua mano sulle mie labbra, e baciai le nocche con gratitudine.

«Dolce Sabine», mormorò. «Sei stata così brava.»

«Ti daremo la tua ricompensa, adesso. Una dimostrazione di ciò che ti attende, quando ti comporti bene.»

Maddox aprì le mie gambe gentilmente, e le tenne strette quando cercai di chiuderle.

«No, per favore—» sussurrai, maledicendomi per aver protestato.

«Ci neghi il piacere?»

«No, no mio signore» dissi, ed aprii le gambe con la forza che mi era rimasta. Avrei fatto di tutto pur di non essere punita di nuovo.

«Calma, Sabine. Tu appartieni a noi. Potremmo non darti ciò che vuoi, ma ti daremo sempre quello di cui hai bisogno.» Le sue dita presero ad accarezzare la mia intimità, il più leggero dei tocchi.

«È già completamente bagnata», disse Maddox a Ragnvald.

«È pronta per noi. Ma non la prenderemo, stanotte. Ha già dato abbastanza.»

«Lascia che ti calmiamo.» Maddox giocò con le mie due entrate per un po' prima di portare le sue dita sul mio nodo di piacere. Mi lasciai andare ai gemiti quando sentii il bruciore delle frustate diventare più lieve. Le dita di Maddox continuarono a raggiungere il punto perfetto ancora e ancora, portando il mio corpo verso l'apice. Io mi persi del tutto. Il piacere era dolore, e il dolore era piacere.

«Vieni, Sabine» mi ordinò Ragnvald, ed io mi ruppi in mille pezzi, tremando e venendo sulle pellicce.

Maddox e Ragnvald mi guardarono, i loro sguardi soddisfatti a saziarmi quanto l'orgasmo appena avuto.

Il sonno mi fece sua, ed io mi lasciai andare all'oscurità, immersa nella contentezza dei miei uomini, nel calore dei loro corpi ad entrambi i miei lati, mentre lasciavo le ombre prendersi la mia mente.

CAPITOLO 8

*M*i svegliai con un grugnito, la mia schiena a fuoco. Maddox fu su di me in un secondo, ed io mi scansai subito. In un attimo realizzai che quella che sentivo guardandolo era paura.

La sua mano si avvicinò lentamente al mio fianco mentre mi avvicinava l'acqua. «Non devi aver paura di me, Sabine. La Bestia desidera soltanto la tua sottomissione, nient'altro.»

Riapplicò la salvia al mio corpo, come la notte prima, ma nonostante quello io mi mossi con estrema lentezza quel giorno. I guerrieri sembravano distanti, nonostante mi trattassero con rispetto e dedizione. Io rimasi in silenzio, cercando di fare attenzione a tutto ciò che facevo e dicevo. I segni delle frustate ci avrebbero messo un po' a svanire, ma non mi infastidivano tanto quanto il pensiero di non poter rivedere Brenna.

Più tardi, quel giorno, Maddox mi portò un vestito nuovo, blu e meraviglioso, per rimpiazzare quello che lui aveva distrutto.

«Va davvero bene se lo indosso? È un vestito troppo bello

per lasciarlo consumare tutti i giorni. Forse dovrei aspettare per quando arriverà il momento della Cosa.»

«Indossalo, Sabine», disse Maddox. «Abbiamo un bagaglio pieno di vestiti pronti ad arrivare per te e le tue sorelle. Non dovrai preoccuparti di cosa indossare, mai più. E non c'è niente di troppo bello o costoso per te.»

Mi morsi le labbra, e mi vestii. Il vestito mi copriva il corpo in maniera perfetta.

Gli occhi di Maddox si accesero quando mi vide. Lasciò le sue mani accarezzare il collo del mio vestito, ed io sentii i brividi corrermi lungo la schiena.

«Sei bellissima», sussurrò, un segreto tra me e lui.

Mi aspettavo che facesse di più, ma lui non fece altro che girarsi e andare via. Mi si strinse un nodo in gola.

Anche Ragnvald sembrò apprezzare il vestito, a giudicare dal dolce bacio che mi diede, ma anche lui mi trattò con la stessa freddezza di Maddox. Il calore che avevo sentito quella notte era sparito. I guerrieri si stavano allontanando da me.

Di fronte al fuoco, quella sera, riuscii a trovare il coraggio di parlare.

«Quando andremo all'incontro?», chiesi.

«Presto», disse Ragnvald. «Lo abbiamo posticipato di qualche giorno.»

«È forse per—» Riuscii a malapena a cacciare fuori le parole. «Sono stata io a ritardarlo?»

«No.» Ma non dissero nient'altro, e continuarono a tenere la fronte aggrottata.

Dopo aver mangiato, Maddox se ne andò. Ragnvald rimase con me nella grotta, ma passò il tempo a guardare il fuoco. Non aveva mangiato nulla.

Mi sentii pervadere dalla paura. Preparai una ciotola di stufato per lui, e mi poi mi inginocchiai.

«Mi sottometterò a qualsiasi regola», gli dissi. «Obbedirò, e terrò il collare e la catena sempre, e striscerò se devo.»

«Non è necessario.»

«Per favore, dammi un ordine. Ti proverò che posso obbedire.»

Togliendomi la ciotola dalle mani e poggiandola via, Ragnvald mi prese sulle sue cosce. «Hai accettato la punizione, è finita. Non devi fare nient'altro, sei stata perdonata. È così che funziona nel branco.»

«E allora cosa c'è che non va?»

«Le negoziazioni sono ritardate, perché il branco di Brenna non si fida di noi. L'ultima volta che siamo andati ad un incontro, il nostro branco li ha attaccati. Non ero in controllo, e neanche Maddox, nonostante sia stato lui a farli andare via. Eravamo uomini disperati... disperati per qualsiasi cosa potesse salvarci.»

«E cosa succederà, adesso?»

«Hanno chiesto di dare loro qualcosa che possa mostrare le nostre buone intenzioni. Un ostaggio. Qualcosa da poter barattare.»

«Chi?»

«Me», disse Maddox, riemergendo dalla foresta. «È fatta, Alpha. Il loro messaggero è arrivato, facendo sapere che le sorelle di Sabine sono trattate bene. Uno di loro resterà a guardia. Il resto mi porterà con sé quando tornerà a casa.»

Io mi alzai, già pronta a correre verso di lui, ma quando vidi una linea silenziosa di guerrieri che non conoscevo emergere da dove era emerso lui poco prima, mi fermai. Senza più pensare alle regole del branco, li fissai. Sembravano più nutriti e sistemati degli uomini di Ragnvald, ma avevano tutti la stessa espressione brutale, ed erano tutti enormi. Uno dei guerrieri, gigante e dalla testa rasata, aveva una grandissima cicatrice a cadergli sulla faccia. Mi scoprì a guardarlo, ed io mi ricordai di abbassare gli occhi.

Maddox aprì le braccia ed io mi tuffai dentro la loro protezione.

«Sono il branco di Brenna?» Non chiesi se con loro ci fosse anche lei. Con scarponi e armati, i guerrieri non avevano nient'altro addosso, niente oltre le loro spade.

«Sì. Volevano vedere che anche tu stessi bene, Sabine. Ed io volevo dirti addio.»

Ragnvald salutò il branco mentre io mi attaccavo a Maddox.

«Per quanto starai via?» gli chiesi, parlando a voce bassa così che le parole restassero tra di noi.

«Fino a dopo l'incontro.» Le sue dita mi accarezzarono le labbra. «Stai con Ragnvald, e fai la brava.»

Non riuscivo a scherzare con lui. C'era così tanto in ballo, su quell'incontro. «Lo farò.» Le mie labbra tremarono sotto le sue dita.

«Ti mancherò, piccola strega?»

«No», ma le mie mani gli coprirono il viso, e le mie dita tracciarono la linea della sua mascella, delle sue guance, memorizzando nel tocco la bellezza che non ero riuscita a vedere all'inizio. «Ti tratteranno male?»

«Forse. Ma lo merito. Io ti ho trattata male.»

«Non sempre. A volte sei stato carino.» Feci scontrare la punta del mio naso con la sua, un piccolo giochetto, e lo sentii sorridere sotto di me. Ragnvald e gli altri guerrieri avevano finito di parlare, e ci stavano guardando.

Dentro di me c'era solo una domanda che continuava a saltare fuori, ma non avevo la forza di farla ad alta voce.

Tornerai da me?

«Questi uomini...», cominciai invece. «Sembrano pronti a spargere sangue.»

«Non sono esattamente i tipi più gentili del mondo, immagino.» Le sue parole successive mi fecero davvero credere che mi avesse letto nel pensiero. «Ma tornerò da te.» Mi strinse più forte. «Te lo prometto. Tornerò sempre da te.»

Mi strinse la mano prima di lasciarmi andare. Il mio

braccio si allungò verso di lui, e lui mi tenne stretta fino a quando non si fece troppo lontano per continuare a toccarmi.

Prima che uscisse dalla caverna io mi gettai su di lui, afferrando un'altra volta il suo braccio. Lui si girò di scatto, e di fronte a tutti quei nemici io mi presi le sue labbra, affondando le dita sui suoi capelli scuri. Le sue braccia tatuate mi strinsero la vita, attaccandomi a lui, e una mano mi strinse la nuca, spingendo la mia testa indietro con le labbra per prendersi ciò che era già suo.

Una vita dopo—nonostante a passare davvero fu nient'altro che un momento—Ragnvald si ritrovò accanto a noi, a schiarirsi la voce. Lo lasciai allontanarmi da Maddox mentre quest'ultimo andava via, girandosi due o tre volte a guardarmi prima che gli strani guerrieri si stringessero intorno a lui, impedendomi di guardarlo ancora. Lo portarono via, il gigante con la cicatrice indietro a chiudere la fila.

Non mi preoccupai nemmeno di abbassare lo sguardo, in quel momento. Ma lui non fece nulla. Lo vidi incurvare leggermente le labbra nella mia direzione, quasi un sorriso, come a farmi capire che non c'era nulla da temere nel guardarlo negli occhi. Poi si girò e seguì i suoi compagni dentro la foresta.

* * *

L'ATTESA COMINCIÒ in quel momento. Cercai quanto potevo di nasconderlo, ma ero spaventata da morire per Maddox. E l'umore cupo di Ragnvald non andò affievolendosi neanche un po'. Restò vicino a me, senza parlare, a farmi da guardia da qualsiasi minaccia. A volte la sua espressione mi faceva intendere che provasse in qualche modo dolore. Ma lo teneva nascosto da me, e in altri momenti non sembrava avere problemi, quindi non portai a galla l'argomento.

Ragnvald ed io scopammo ogni notte, con movimenti silenziosi e disperati. Dopodiché lasciavo riposare il mio corpo accanto al suo, e non ci staccavamo mai durante il sonno.

Alla fine ci giunse notizia. Con Maddox in custodia, gli Alpha di Brenna avevano accettato di incontrarci una settimana dopo.

Ragnvald non mi lasciava uscire dal suo campo visivo, perciò lo accompagnai durante tutti i suoi impegni che riguardavano il branco. Cominciai ad abituarmi al dover utilizzare il collare e la catena, ma dopo un po' di tempo Ragnvald semplicemente decise di smetterla con le lunghe camminate, e invece cominciò a chiamare il branco verso la nostra caverna, e le riunioni si tenevano lì. In quello spazio informale avevo la possibilità di continuare a fare ciò che facevo solitamente, a patto che i guerrieri mi lasciassero il mio spazio, e che io non provassi a sfidarli con lo sguardo.

Stavo cercando le mie solite erbe vicino alla riva del torrente, quando un giorno ricevetti io una visita per me— una donna con indosso un semplice vestito verde, che in qualche modo sembrava splendere con la luce del Sole. «Allora è questa la meravigliosa consorte di Ragnvald», mormorò, quasi a se stessa.

La voce di Ragnvald giungeva sommessa dalla foresta; era vicino abbastanza da potermi sentire se mi fossi sentita in pericolo. La donna non aveva alcun'arma con sé che riuscissi a vedere, anche se qualcosa in lei mi diceva che non avesse bisogno di nessuna arma per essere letale.

«Ciao, piccola... com'è che ti chiama? Piccola strega?»

Mi resi conto soltanto in quel momento che stavo stringendo il collare sottile che portavo al collo, e feci cadere il braccio lungo i fianchi. «Maddox è l'unico che mi chiama così.»

«E lo sei?»

«Sono cosa?»

«Una strega.»

«No.» Abbandonai le buone maniere, perché lei non ne stava avendo nessuna. «Perché? Tu lo sei?»

Lei sorrise, e fu un sorriso più intimidatorio che amichevole. «Sì.» La donna rise della mia espressione scioccata.

Cercai Ragnvald e i guerrieri con cui stava parlando, ma i cespugli sembravano troppo alti per poterli vedere.

«Siamo solo noi, tesoro», disse la voce soffice della donna. «Ma se preferisci…» Con il tocco di una mano sentii le voci farsi più chiare nel vento. Ragnvald sembrava ora molto più vicino a me di prima.

«Non è molto lontano. E si fida di me.»

«Chi sei?» chiesi, sentendo la gelosia bruciare come acido dentro di me a quelle sue parole. Era bellissima in un modo freddo e oltre natura. Come un temporale in lontananza, o un'aquila per una formica.

A me non era mai piaciuto sentirmi come fossi la formica.

«Io sono Yseult. Vieni.» Si sedette su una roccia, facendomi cenno con la mano di sedermi su quella accanto. «Mi piacerebbe poter parlare un po' con te. Sembri molto più interessante di tua sorella.»

Io mi sedetti. «Chi delle tre?»

«Brenna, ovviamente.»

«L'hai conosciuta?»

«Mia cara, sono io che ho detto ai Berserker di lei.»

Io mi sentii mancare l'aria. «Tu sei la strega che ha detto la profezia.»

«Io creo le rune. Sì. Ho detto agli Alpha di Brenna della sua esistenza. Sono stata io a dire a Maddox e Ragnvald della tua. Con Brenna potevo solo dire di una cicatrice. Ma con loro mi sono sentita un po' più… caritatevole. Ho fatto sapere dove stavi.»

Il mio mondo sembrò farsi più piccolo, ridursi all'amabile

donna che mi stava di fronte. Finalmente stavo guardando negli occhi il mio vero nemico. Avrei dovuto sentirmi arrabbiata, eppure tutto ciò che volevo era perdermi nella sua bellezza e servirla. Strinsi lo stelo delle erbe che avevo in mano in pugno, così forte che le spine tagliarono la mia pelle. Il dolore mi fece schiarire la mente.

Gli occhi di Yseult si abbassarono sul mio pugno, e il modo in cui mi guardò mi fece capire che aveva notato il mio gesto. Il suo piccolo sorriso, poi, mi fece capire che approvava.

«Quindi è te che devo ringraziare per aver rovinato la mia vita», dissi.

«Rovinare la tua vita? No. Per averti fatto scoprire il tuo vero destino, sì, per quello dovresti ringraziarmi.»

«Non puoi sapere se questo è il mio destino.»

«Neanche tu. A meno che non accetti di avere potere, dentro di te.»

«I Berserker sono convinti che io ne abbia un po'», dissi, attenta.

«Molto più che un po'. Molto meno di quello che ho io.»

E quella sola frase bastò a farmi sentire improvvisamente stanca della sua saccenteria.

«Io e mia sorella abbiamo il potere di curare i Berserker.»

«Le tue sorelle sono streghe della terra. Non una razza particolarmente rara, ma sono pochi a sapere cosa sono. Ancora meno sono le donne che sanno di esserlo. Non è difficile scambiarti per un normale essere umano che ha un'affinità con le erbe e con il prendersi cura della gente. Ma è una magia più profonda, più sottile.»

«Ed entriamo in calore quando c'è la Luna piena.»

«Ah, sì, l'estro. Quella è una risposta ai Berserker, se chiedi a me. Si fa sempre più forte man mano che la neghi, e richiama i tuoi veri compagni fino a quando non ti trovano e ti reclamano.»

Io sbuffai.

«Non mi credi?»

«No, lo so bene che è vero», sospirai.

«E desidereresti che non lo fosse.»

Non riuscii a negarlo.

«Io ho una teoria.» Yseult si mise comoda accanto a me, incrociando le gambe sotto le sue gonne come fossimo semplici ragazzine intente a parlare di cose frivole, non una strega e una consorte dei Berserker tutte prese a parlare di magia. «La Bestia che si nutre della rabbia dei Berserker ama il desiderio. C'è il lupo, vedi, ed è naturalmente in pace, almeno fino a quando ha un branco con cui stare, un posto da considerare suo. E poi c'è l'uomo. Gli uomini possono essere dominati da qualsiasi tipo di passione, ma quei guerrieri le possono controllare senza troppi problemi. Quello che non riescono a controllare è la bestia.»

«Ma cosa è questa bestia?»

«La fame. La bramosia. Il volere puro. È molto simile a ciò che tu senti durante la Luna piena.»

Io rimasi in silenzio.

«Immagina quell'agonia che tu provi durante la Luna piena, ma estesa ad ogni singolo giorno della tua vita. Moltiplicala per mille, e l'agonia si prolunga nei secoli.»

Cercai di combattere contro il bisogno che avevo di nascondermi. «Non riesco a comprenderla.»

«Certo che non puoi, e non c'è nulla di cui vergognarsi. Non ci riescono neanche loro. Ed è per questo che perdono la testa.»

«Ma questa agonia può smettere. Non è così?»

«Non se tu te ne vai da loro, se ti neghi a loro. Il desiderio che ti porta la Luna, e la loro pazzia…» strinse le dita insieme, ed io annuii.

«Noi ci incastriamo. Lo so.»

«E allora cos'è che ti porta a combattere questo legame?»

«Ti hanno chiesto loro di parlare con me, non è vero?» chiesi, perché le sue domande erano adesso molto più chiare.

«I tuoi Alpha? No. Ma soltanto perché sono troppo spaventati di lasciarti vicina a me.» Il suo sorriso era terrificante.

«Sei davvero tutta questa minaccia?» chiesi, mantenendo la voce leggera.

«Certo che lo sono, ma non per te. Te l'ho appena detto— ti trovo interessante. Ed è probabilmente per questo che i tuoi uomini non vorrebbero farci stare insieme. Non voglio farti del male, tutto il contrario. Voglio insegnarti.»

Rimasi senza parole per qualche momento. «Perché?»

Le sue dita magre giocarono con i miei capelli per un po', un po' come faceva Maddox spesso. Entrambi si comportavano come se mi possedessero, ma dove il tocco di Maddox era d'ammirazione, il suo era diverso, come fossi un animale domestico che la stava intrattenendo. «Le donne forti con un potere forte come il nostro sono così difficili da incontrare.»

Mi alzai dalla roccia, per fermare il suo tocco su di me. «Non ho tutto questo potere.»

«Non ancora. Perché non ti permetti di abbracciare il tuo destino.»

«Questo non è il mio destino», dissi, indicando con una mano la caverna, la foresta.

«No? E qual è, allora? Occupare un villaggio umano, aspettando il giorno in cui il prete si accorga di chi sei, di quanto più forte sei di lui, e decide che è arrivato il momento di bruciarti viva? O sposare uno di quei bruti che non potrebbero mai trattarti come si deve, soltanto per essere protetta dagli altri? Un mostro dentro la tua stessa casa. Ad avere i suoi bambini, le sue percosse, fino a quando lui muore e tu, senza più nulla, ti ritrovi a bere fino a morire. Questa è stata la vita di tua madre.»

Mi strinsi la mano a pugno e l'avvicinai al cuore. «Sono io a crearmi la mia strada.»

«Ne sei sicura? Perché non sei immune alle corde che ci stringono gli uni verso gli altri... come non lo sono io. La libertà è un'illusione.»

«Mia nonna era libera.»

«Sì, ed è morta. Come una vagabonda, e sola.»

«Quindi preferiresti farmi restare con questi uomini?» Mantenni il tono basso e normale, perché non sarebbe stato saggio offendere una donna con il suo potere, ma dentro di me avrei voluto darle uno schiaffo. Per quanto avrei voluto qualcuno con cui parlare dei miei desideri e delle mie paure, e fare chiarezza nel mio cuore e nel mio cervello, una strega a giocare con la mia mente era l'ultima cosa che mi serviva. Mi sarebbe piaciuto parlarne, piuttosto, con Brenna. Dopotutto era stata lei la prima ad essere presa prigioniera dei Berserker. Stava con loro da più tempo. «Hai detto che vuoi insegnarmi. Perché?»

«Il potere genera potere.»

Guardai la strega, facendo attenzione a guardare il viso ma mai i suoi occhi, impaurita che potesse farmi qualcosa attraverso loro.

Yseult sospirò, capendo che mi sarebbe servito qualcos'altro per convincermi. «È in arrivo una guerra che solo i Berserker possono combattere, ed anche io ho il mio ruolo da ricoprire al suo interno. Ho bisogno di tutto l'aiuto che posso trovare.»

Ignorai il brivido di paura che mi corse sulla spina dorsale alle sue parole. I miei istinti mi dissero immediatamente che stava dicendo la verità.

«Se resti qui, i tuoi poteri saranno più forti. Cresceranno sempre di più. Sei già più forte, solo così. Il desiderio che ti porta la Luna riuscirà a far calmare anche il loro.»

Io aggrottai la fronte, sentendo ancora una volta che avesse ragione.

«E poi ci sono le punizioni.» Yseult si leccò le labbra. «Quelle belle fruste e quelle catene dei tuoi compagni.»

Io mi feci rigida. «Che c'entrano quelle?» Mi sentii mortificata al pensiero che lei conoscesse quelle cose.

«Beh, il potere rende la magia più forte. Non l'hai notato?»

La risposta era no, ma preferii restare in silenzio.

«Tutta la magia richiede un sacrificio per soddisfare gli Dei. È così che funziona. Una strega come me ha bisogno di poco dolore. Un corvo, un topo, una pecora qui e lì.»

Mi sentii congelare il sangue nelle vene. Stava chiaramente parlando di sacrificio animale, e di certo non uno indolore. Tortura vera e propria.

«C'è anche il sacrificio umano, ma soltanto la magia più oscura lo richiederebbe.»

«Io e le mie sorelle non potremmo mai—»

«Lo so, lo so» disse, scacciando le mie parole con le mani. «Streghe della Terra come te e le tue sorelle sono diverse. Il dolore e il sacrificio che è richiesto da voi viene da un altro posto.»

«Che posto?»

«Voi stesse. Sei tu a sottometterti al dolore. Ed è per questo che i Berserker ti venerano. La loro Bestia desidera la violenza. In tempi di guerra, sottometteranno le armi. In tempi di pace...»

«Sottometteranno me», finii io per lei, con voce asciutta. Non avevamo neanche parlato del modo in cui Maddox e Ragnvald mi avevano già sottomessa nel poco tempo che avevo fino a quel momento passato con loro. O di quanto io avessi goduto—li avevo pregati, anche.

Yseult inclinò la testa, guardandomi.

«E il mio sottomettermi porta potere?»

«Il tuo sottometterti *è potere*. Ma sì. Un solo pacchetto delle tue erbe riuscirebbe a curare tutto il villaggio, adesso.» I suoi occhi erano strani, gialli con un cerchio verde. Mi chiesi se sarei mai riuscita a prenderla come un essere umano, se non avessi conosciuto tutto questo.

«Perché mi stai dicendo tutte queste cose?»

«Perché voglio aiutarti.»

«Io voglio solo andare a casa.»

«E allora chiedi. Questi Lupi farebbero qualsiasi cosa, per te.»

Tutto, mi avevano detto nel sogno, *meno che questo*.

«Non lo sai, Sabine?» Yseult si alzò, avvicinandosi a me, e il modo in cui muoveva i suoi fianchi mi lasciò la bocca asciutta. Non avevo mai sentito desiderio per una donna prima d'ora nella mia vita, ma quella di fronte a me aveva l'odore di sentimenti proibiti... di tutti i tipi. «Sono incredibilmente innamorati di te.»

«Io vorrei soltanto che le cose tornassero come erano prima.» Perché odiavo quell'intreccio complicato di sentimenti. Le leggi del branco erano anche più pericolose e mortali di quelle umane.

È in arrivo una guerra che solo i Berserker possono combattere, ed anche io ho il mio ruolo da ricoprire al suo interno.

«Ne sei proprio sicura?» Yseult mi strinse una mano sulla spalla, ed io non ci provai neanche a staccarmi dal suo tocco. «Il tuo potere si fa sempre più forte, ed è così invitante. Non c'è da stupirsi che i tuoi guerrieri non riescono a saziarsi di te.»

Le sue unghie mi marchiarono la pelle, schiarendo la mia mente così come avevano fatto le spine.

Io battei le palpebre, e quell'incantesimo si spezzò. C'erano degli occhi normali a guardare nei miei, ed un viso normale. Yseult ed io eravamo molto simili, realizzai in quel momento. Occhi ambrati e capelli dorati, mentre tutte le mie sorelle avevano i capelli neri.

Feci un passo indietro.

«Curerò Ragnvald ed il branco. È questo ciò che mi hanno chiesto. Poi io e le mie sorelle torneremo al villaggio, e vivremo come abbiamo sempre fatto.»

* * *

Dopo aver guardato la Strega andare via, io rimasi seduta a guardare dentro il fuoco per molto tempo.

«Sabine?»

Un rumore dietro di me, ma io non mi mossi neanche quando la mano di Ragnvald si poggiò sulla mia spalla. Tremai leggermente, ma non c'era nessun dolore simile a quello provocato dalla stretta di Yseult. Avevo controllato che non mi avesse rotto nulla, e mi ero ritrovata con le ossa intatte.

«Sabine, va tutto bene?»

Io annuii, e mi sottomisi al suo sguardo.

«Non lo sapevo che era venuta prima da te. Me l'ha detto prima di sparire.» Finì di studiarmi, sembrando più rilassato di prima. Alzandomi tra le sue braccia, mi riportò dentro la caverna.

Accese il fuoco anche lì dentro, e poi venne dietro di me, si sedette e mi strinse tra le sue braccia. Non parlò fino a quando non mi sentì rilassarmi contro il suo petto.

«Che cosa ti ha detto Yseult?»

«Mi ha parlato di magia. Di potere.»

La sua risata mi riempì l'orecchio. «Ama parlare di quelle cose.»

«Ha detto che i miei poteri stanno crescendo. Che le streghe come lei donano i loro sacrifici agli Dei, ma che i miei sono io stessa a farli.»

«Tu hai sacrificato tanto per noi. Non potremo mai ripagarti.»

Girandomi tra le sue braccia, lo guardai negli occhi.

«Siamo al sicuro?»

«Dal branco di Brenna, o dalla Bestia dentro di noi?» Ragnvald continuò prima che io riuscissi a trovare il coraggio di dirgli che avevo paura di entrambi. «La mia Bestia è tutto tranne che domata, piccolina. E il branco di Brenna e il nostro... la strada è piena di ostacoli, ma c'è la pace alla fine della corsa.»

Poggiai una mano sulla sua guancia perfetta, bella e pallida come fosse stata creata direttamente dagli Dei.

Yseult aveva parlato di una guerra che solo i Berserker potevano combattere, una guerra in cui anche lei aveva un ruolo da ricoprire. Me l'aveva detto perché non sarebbero in grado di combatterla, se io non restassi con loro?

In ogni caso, se fossi andata via avrei dovuto accettare di perdere questi uomini, in un modo o nell'altro. Un conto era mettere l'amore da parte... un conto era perderlo per sempre.

Incapace di continuare a guardare dentro quegli occhi meravigliosi un secondo di più, distolsi lo sguardo e mi sistemai tra le sue braccia un'altra volta, lasciando che semplicemente mi cullasse.

«Pensi che sia al sicuro?»

Ragnvald sospirò. «Non è molto a suo agio, ma è vivo. Riesci a sentirlo?»

Io chiusi gli occhi, e quando mi concentrai riuscii a sentire una presenza stringere il mio cuore. Come quando riuscivo a sentire che Brenna fosse viva... ma quella sensazione era più forte.

Maddox, pensai, e la presenza si fece più forte. *Yseult dice che ho dei poteri.*

Riuscii quasi a vedere quel suo solito sorrisetto. *Te l'avevo detto, piccola strega.*

La brezza del vento entrò nella caverna, spegnendo il fuoco, alzando la cenere. Insieme, io e Ragnvald le guardammo alzarsi in alto verso la Luna. Nessuno dei due si mosse o disse nulla. Quella notte, entrambi avevamo bisogno del conforto dell'altro.

«Mi manca tanto.»

CAPITOLO 9

Ci volle un giorno per arrivare alla Cosa, e ci sarebbe voluto anche di più se io avessi continuato a camminare, ma quando mi feci stanca Ragnvald mi mise tra le sue braccia e prese a camminare. Mentre la foresta sfrecciava via di fronte ai miei occhi, io riuscii a catturare le immagini di altri guerrieri accanto a noi, con le loro asce e le loro spade, che viaggiavano alla nostra stessa velocità. Quando Ragnvald si fermò, tutti formarono un cerchio intorno a noi. Molti di loro erano a petto nudo, e alcuni invece avevano delle giacche di pelle. Alcuni avevano delle pellicce sulle spalle. Altri erano nella loro forma animale.

Io tenni gli occhi bassi, aspettando che Ragnvald mi mettesse la catena, ma lui non fece altro che mettere una striscia di pelle attorno al mio polso. «Questi Lupi sono molto più tranquilli», mi disse. «E anche il nostro branco lo è, adesso. Grazie a te.»

Tenne stretta la fine della striscia di pelle attorno al mio polso nella mano, quindi ero ancora attaccata, ma almeno in quel modo non era umiliante.

«Le altre regole, però, valgono ancora» mi avvertì, ed io

annuii, pronta a mostrargli che mi sarei comportata bene. Se avessi fatto anche un singolo passo falso, avrei potuto mettere a repentaglio la pace tra i due branchi.

Ragnvald mi guidò verso una distesa di rocce a livello, molto simili a quelle del nostro branco vicino al mare. Ogni singola roccia era più alta di me, e tre volte più grossa. Quando passammo sotto un cancello fatto interamente di rocce, realizzai che quello era il modo dei Berserker di creare le loro case: le rocce sarebbero rimaste in piedi per secoli, a testimoniare la forza invincibile dei loro branchi.

L'altro branco ci aspettava attorno ad un focolare, al centro di un cerchio di pietre. Le fiamme gettavano ombre sulle loro facce. La Luna aggiungeva a tutto un tocco argentato.

Mi sentii soffocare da una sensazione opprimente mentre ci avvicinavamo al branco nemico, come se il cattivo passato tra i due branchi fosse ancora nell'aria.

Seguii Ragnvald camminando dietro di lui, i guerrieri molto vicini a noi due. Tre guerrieri nemici uscirono dalla loro formazione per salutarci.

Nel silenzio pesante che accompagnò il nostro arrivo, Ragnvald si fermò a pochi passi da un triangolo vicino di persone. Sembravano aspettare qualcosa. Nessuno parlò. Il mio corpo era così teso che sarebbe bastato un solo tocco per farmi saltare. Se l'altro branco avesse attaccato, saremmo sicuramente morti.

Con un cenno verso i tre capibranco, Ragnvald si scansò, mostrandomi all'altro branco.

Immediatamente smisi di sentire un nodo nel petto, e riuscii a respirare di nuovo. Il mio corpo rimase rigido sotto gli sguardi incuriositi dei guerrieri. Il nemico più vicino, dalla pelle bianca e biondo quasi quanto Ragnvald, sebbene più grosso e non così alto, si fece più vicino, un'espressione amichevole sul suo viso barbuto.

«Benvenuto, Ragnvald della Norvegia.»

* * *

Il primo giro di discussioni all'incontro finì poco dopo mezzanotte. I Berserker di Brenna non mi rivolsero mai la parola direttamente.

«Lo hanno fatto come segno di rispetto per me», mi disse Ragnvald nel momento stesso in cui ci ritrovammo da soli, fuori dal cerchio di pietra. «Domani ci incontreremo privatamente con gli Alpha, e l'assetto sarà meno formale. Ti permetteranno di vedere Brenna. Per quello che so sta molto bene, ma i suoi compagni sono parecchio protettivi.»

«I suoi compagni?»

«I due Alpha che abbiamo appena conosciuto.»

«Quello biondo e quello con i capelli scuri?», indovinai. Il terzo era quello con la cicatrice sul viso che era venuto a prendere Maddox. Wulfgar, li avevo sentiti chiamarlo. Era un Vichingo, come Ragnvald, come la maggior parte dei Lupi eccetto Maddox.

Fu Wulfgar ad accompagnarci ai nostri appartamenti per lasciarci riposare. Il resto del branco aveva il loro piccolo nido con un fuoco acceso. La luce del fuoco mi arrivava dagli alberi, e mentre ci avvicinavamo alla nostra tenda, io sentii un chiacchiericcio felice—delle voci che brindavano per qualche cosa.

«La vostra ospitalità è molto gradita», disse Ragnvald a Wulfgar.

Il gigante sfregiato sorrise. «Ospitiamo sempre chi viene in pace.»

«Stanotte brinderemo alla pace; domani ci impegniamo ad onorarla.»

Wulfgar non fece altro che un piccolo cenno con la testa.

Una tenda fine era ferma in mezzo a due grandi torce, e

dopo di essa c'era il posto dove avremmo dormito. Prima ancora di poter mettere un piede dentro, però, Maddox sbucò fuori proprio da lì.

La sua faccia sembrava più secca, gli occhi scavati, ma il suo corpo era forte e ancora in grado di prendermi tra le braccia immediatamente quando corsi verso di lui. Mentre Maddox mi portava dentro, lasciando la tenda cadere di nuovo, sentii Ragnvald ridacchiare dietro di noi.

Una volta dentro Maddox prese a baciarmi con così tanta passione che, ero certa, l'indomani mi sarei ritrovata piena di lividi.

«Per favore», dissi, non riuscendo a liberarmi del vestito da sola. Non sarebbe stato il caso di strapparlo in vista di domani, ma dovevo toccarlo, dovevo sentire la sua pelle contro la mia.

Venimmo insieme nel momento stesso in cui anche Maddox restò senza vestiti, ma non fu abbastanza.

Le dita di Maddox si strinsero sui miei fianchi mentre mi posizionava dove voleva avermi. «Sabine, voglio... non posso essere gentile in questo momento—»

«Non esserlo, allora—» Mi allungai per prendere le sue labbra, e gemetti quando lo sentii riempirmi completamente. Le mie gambe si agganciarono attorno ai suoi fianchi, forzandolo ad andare più veloce, le mie pareti a stringersi attorno al suo membro, amando il modo in cui bruciava sentirlo di nuovo dentro di me.

Quando finimmo mi coricai tra le sue braccia, e tracciai i contorni di tutti i suoi tatuaggi con le dita, memorizzandone ogni singola ombra.

«Quando te li sei fatto, questi?» chiesi, accarezzando la pelle disegnata. «Pensavo che il corpo dei Berserker guarisse in fretta. Li hai fatti prima o dopo la... Trasformazione?»

«Mi sono addormentato durante la maledizione, e quando mi sono risvegliato ero marchiato.»

Sembrava contento di avermi tra le sue braccia, contento di sentire le mie dita sul suo corpo. Le ombre sotto i suoi occhi si erano fatte già più chiare. Mi chiesi quali altre cicatrici nascondeva il suo corpo.

«Ti hanno fatto male?» Non avevamo ancora parlato dell'altro branco di Berserker.

«Niente che non possa rimarginarsi. Si sono ripresi la rivincita per ciò che abbiamo fatto una volta, ma non in maniera così forte da non poterlo sopportare.»

Ricordai in quel momento l'espressione di dolore che aveva avuto Ragnvald di fronte al fuoco. «Ragnvald ha preso il dolore per te, non è vero?»

Il silenzio di Maddox mi diede la risposta che cercavo.

Poggiando la testa sul suo petto, presi un respiro pieno di rabbia. «Non avrei mai dovuto permettergli di prenderti.»

Maddox mi accarezzò i capelli. «Sarei andato in ogni caso. Non avresti potuto fermarmi. La verità è che sono stati più gentili di come sarebbero stati se non ti avessero vista baciarmi.» Le sue labbra si curvarono in un sorrisetto furbo.«Ammettilo, strega, tu provi qualcosa per me.»

«*Lupo*», dissi, affilando il mio tono senza davvero provare ad andargli contro. «Ti dimentichi il tuo posto.»

«Anche tu» disse, trovando il piccolo pezzo di pelle con cui Ragnvald aveva legato il mio polso, prendendolo e cominciando a sbatterlo leggermente sul suo palmo. Io strinsi i denti. «Che in questo momento è sul mio cazzo, a darmi piacere.»

Alzai gli occhi al Cielo, e come se niente fosse le mie lacrime erano andate.

«Anche tu mi hai aiutato», disse, con tono più serio.

«Quando?»

«Quando mi hai chiamato, dentro di te... io ti ho sentito.» Ticchettò con un dito sulle mie tempie. «Qui, ti ho sentito qui. E sapere che mi stavi aspettando, che sentivi la mia mancanza... mi ha dato la forza di sopportare qualsiasi tortura.»

«Davvero mi hai sentito?»

Lui annuì.

«Allora davvero c'è qualcosa che ci lega. Come può essere possibile una cosa del genere tra una donna e un lupo?»

«Perché tu non sei una donna qualunque.» Mi fece stendere sul letto, io sotto di lui, e mi sentii improvvisamente ancora più protetta sotto le sue braccia. «Ho imparato molto da questi Berserker. La Dea della Luna ha gettato lo sguardo sui suoi figli sulla Terra—i lupi—che si riproducevano fin troppo lentamente per poter far andare avanti i loro branchi. Allora ha dato la sua magia alle sacerdotesse, per potersi trasformare, ma loro la usarono male e andò perduta. Così la lasciò soltanto dentro quelle più devote, con il cuore puro. Posso accoppiarsi con i Berserker. Possono domare la Bestia.»

«Le Streghe della Terra», dissi.

«Sì. Sono le donne più belle e più gentili del mondo. Docili, sottomesse, obbedienti.»

Io alzai gli occhi al Cielo. «Dovreste andare a cercare una di queste donne, allora» dissi con sarcasmo, dando piccoli colpi con le dita sulle sue spalle. «Sarà la compagna migliore che tu e Ragnvald possiate mai avere.»

Lui rise, senza lasciarmi andare un secondo. Mi tenne stretta a sé e fece... altre cose. Ragnvald ci raggiunse poco dopo, dopo aver brindato intorno al fuoco, e aggiunse la sua dose ubriaca al nostro mix. Il Cielo era grigio e già vicino all'alba quando ci sentimmo sazi abbastanza da fermarci.

«Non cercheremo proprio nessun'altra» mi sussurrò Maddox sul collo, riempiendolo di piccoli morsi meravigliosi. «Abbiamo l'unica donna che vogliamo, e ce l'abbiamo proprio qui.»

* * *

TUTTI E TRE insieme andammo a vedere Brenna e i suoi compagni con le mani intrecciate. Mi sentivo parecchio nervosa mentre camminavo sul sentiero di montagna, ma poteva benissimo avere a che fare con lo scrutinio a cui sentivo il branco attorno a noi sottopormi. I Berserker delle montagne avevano delle guardie messe fuori dalla caverna dove dovevamo incontrarci.

«L'ultima volta che siamo venuti a trovare Brenna, volevamo rubarla», mormorò Maddox. Nessuno dei due sembrò notare gli sguardi dell'altro branco. E se lo fecero, non dissero nulla.

Io li guardai tagliente, e Maddox semplicemente mi scoccò uno sguardo dispiaciuto. «Eravamo disperati, piccolina.»

«Le cose sono cambiate.» Con una mano sulla mia schiena, Ragnvald mi guidò all'interno della caverna. Due enormi guerrieri—i due stranieri che avevo visto all'Incontro della sera precedente, riconobbi—ci aspettavano. Uno era seduto su una roccia grande abbastanza da sembrare un trono, l'altro invece era alzato, fermo come una guardia, una mano sulla sua arma.

Non c'era nessun altro.

Mi sentii prendere immediatamente dalla paura—forse era un'imboscata?

Sentii i miei due Alpha farsi più rigidi accanto a me, ma quando una donna uscì fuori da dietro il trono—capelli scuri, alta, con un'espressione rilassata in volto e la cicatrice sul collo—ci rilassammo.

Era Brenna.

Non riuscii ad impedire ai miei piedi di scattare verso di lei, e anche lei prese a correre verso di me. Che vada al Diavolo il protocollo.

Fortunatamente, entrambi i nostri guerrieri restarono indietro.

Sentii le lacrime bagnarmi le guance mentre la abbracciavo. Odorava di Terra, di sapone, di montagna... e del suo unico odore familiare.

Sapeva di Brenna.

«Lo sapevo che eri viva» le sussurrai all'orecchio, e lei si allontanò abbastanza per baciare la mia guancia.

Realizzai in quel momento che c'era qualcosa tra di noi. Quando guardai sotto, staccandomi, notai la sua pancia gonfia. Ero stata così impaziente di abbracciarla, che non l'avevo notato.

«Incinta?», le chiesi con la nostra speciale lingua dei segni che nessuno tranne noi riusciva a capire, inventata quando eravamo bambine per poter comunicare dopo l'attacco del Lupo.

«Sì», fece segno in risposta. «I miei compagni.» Con le guance colorate, lei fece cenno con la testa verso i suoi guerrieri dietro di sé. E per mia sorpresa, loro si inchinarono davanti a me.

I miei guerrieri si fecero più vicini, lo seppi dal calore che riuscivo a sentire arrivare dai loro corpi.

«Come può essere?» chiese Ragnvald, con emozione chiara nella sua voce.

«Le streghe della Terra possono accoppiarsi con i Berserker totalmente», disse Daegan.

«Che portino in grembo dei bambini umani o dei cuccioli, questo ancora non lo sappiamo» disse Samuel, ed io sentii la preoccupazione nella sua voce, ma il suo viso rimase impassibile.

Il sorriso enorme di Brenna, però, scacciava via qualsiasi preoccupazione. I suoi compagni si avvicinarono a lei e le diedero un bacio, uno alla volta, prima di avvicinarsi ai miei Alpha.

Io deglutii il groppo che avevo in gola.

Quando finalmente restammo sole, le feci la domanda che volevo farle dal primo secondo.

«Stai bene, Brenna?» le chiesi, la voce fievole.

Più che bene, mi fece cenno con la mano. *Sono felice.*

* * *

I COMPAGNI di Brenna ci fecero sentire a casa nostra per quanto possibile. Dopo il primo incontro ci portarono in un'altra caverna, più in fondo nella montagna, con un grande tavolo pronto per la cena. Ragnvald e Samuel presero le posizioni più dominanti al tavolo, uno di fronte all'altro, mentre Maddox e Daegan restarono a camminare per la stanza come guardie. Sedute una accanto all'altra al centro esatto del tavolo, Brenna ed io ignorammo gli uomini per tutto il tempo.

Che cosa è successo quando ti hanno presa? Chiesi nella nostra lingua segreta.

Ero spaventata, all'inizio. Ma loro sono stati estremamente gentili con me.

Più studiavo mia sorella, più mi rendevo conto che il bagliore nelle sue guance e nei suoi occhi non era dovuto soltanto al bambino che portava in grembo. Me l'aveva detto subito: era felice. E ciò che era peggio, era *innamorata* di questi uomini. Lei aveva prosperato, qui, sotto le loro cure.

Dopo aver sentito la mia storia, Brenna mi chiese delle gemelle. Sapeva già che nostra madre e nostro patrigno erano morti.

Sono stati i miei uomini a dirmelo, disse. *Mi proteggono ogni volta, cercando di non dirmi le cose... ma alla fine dicono sempre la verità quando la chiedo.* La vidi sorridere, ed un sorriso altrettanto grande sembrò aleggiare anche sui visi dei suoi compagni.

Sabine... cosa c'è che non va?

«Sono così contenta di sapere che sei viva. Mi sei mancata tanto», tirai fuori.

Brenna poggiò una mano sulla mia gamba, ed io capii così di non essere riuscita ad ingannarla. Un silenzio freddo s'impossessò di me, ed io cercai di forzare le mie labbra a sorridere. Non avevo realizzato quanto davvero cercassi un alleato che mi aiutasse contro i Berserker.

Aspettai che il pasto finisse e che i guerrieri andassero fuori dalla stanza a parlare, lasciandoci sole, prima di lasciarmi andare.

«Non capisco, Brenna», dissi alla fine. «Come puoi essere felice, qui?»

Sono rimasta viva per un motivo, tanto tempo fa. Perché avevo uno scopo nella mia vita. Si toccò la cicatrice sulla gola, ed io guardai quel gesto scioccata. Brenna aveva sempre odiato la sua cicatrice, aveva sempre odiato qualsiasi cosa le ricordasse di ciò che le era successo. Non era mai riuscita a toccarla. *Ero in attesa di trovare quel mio scopo. Ero in attesa che loro mi trovassero.*

Mi guardò con occhi così felici che io sentii il bisogno di distogliere lo sguardo da lei, portandolo sul fuoco.

«Mi hanno rapita», cominciai ad elencare i loro errori, ma Brenna mi interruppe con un gesto della mano.

Il nostro patrigno mi ha venduta. Brenna sospirò. *Prima di quel momento, ha abusato di me. Mi sono assicurata che fosse fermato prima che potesse fare la stessa cosa a te e alle nostre sorelle.*

In quel momento ebbi la certezza che era stata lei a chiedere la sua morte, e i suoi Berserker l'avevano accontentata.

Mi hanno dato tutto ciò che potessi mai volere, e anche di più. I suoi movimenti erano aggraziati, e pieni di passione.

«Avresti potuto stare con noi... tornare indietro.»

Ho promesso di restare. Lei si fermò un attimo, e poi scosse la testa. *Ma anche se avessi potuto andare via, non l'avrei fatto.*

«Perché no?», chiesi, disperata.

Perché sono innamorata. Prese la mia mano, stringendola forte, costringendomi a guardarla negli occhi.

Sabine... dopo tutto quello che abbiamo passato... è davvero così spaventoso, innamorarsi?

CAPITOLO 10

*R*estai in silenzio durante tutto il tragitto verso casa.

Gli uomini mi lasciarono in pace, dopo avermi dato la certezza che io e le mie sorelle saremmo state riunite un'altra volta. Pensavano che fossi triste per la nostra partenza, ma io ero sollevata. Mi aspettavo di arrivare lì e trovare un'alleata perla mia rabbia, per la mia guerra contro i miei sentimenti. Ma era stato il modo in cui Brenna aveva accettato il suo destino che aveva reso le cose peggiori per me. Le aveva dato così tanta pace.

Ed il mio cuore era in tumulto.

Quando ci avvicinammo alla caverna, io mi fermai di colpo.

«Sabine? È successo qualcosa?»

«Toglietelo» dissi, stringendo il collare sulla mia gola, sentendomi improvvisamente soffocare. Brenna ne aveva indosso uno molto simile, e i suoi uomini avevano gli stessi anelli sulle braccia che avevano i miei. «Toglietemelo, per favore.»

Ero stata una stupida. Avevo pensato che negoziando,

facendo la brava, sarei potuta essere libera, un giorno. Ma quei Berserker avevano passato secoli a cercare le loro compagne. Avrebbero voluto dei bambini… e quando sarei rimasta incinta, non ci sarebbe stata più nessuna libertà.

«Sabine?»

Le mie dita si strinsero sul collare. «Toglietelo. Toglietemelo. Non lo voglio più.»

Maddox mi strinse le mani, e Ragnvald lo tolse.

Il mio respiro si fece corto, il mio petto rigido.

«Mi dispiace» dissi ad entrambi, la vista appannata dalle lacrime. «Non posso farlo.»

«Calmati, adesso», dissero. «Non siamo bruti. Puoi parlare con noi.»

«No, voi non capite. Lei avrebbe dovuto aiutarmi ad odiarvi!» urlai, e li sentì fare un passo indietro, scottati. «Io non dovevo… voi volete che io sia qualcosa che non sono! Non ho mai accettato di essere la vostra compagna. Di avere dei bambini… di restare per sempre…» Mi asciugai gli occhi fino a quando, finalmente, riuscii a vedere le loro facce tristi. «Ho fatto tutto questo per aiutarvi. Per pietà. Nient'altro.»

«Sabine—» cominciò Maddox, ma Ragnvald lo interruppe.

«Davvero non provi nulla per noi?»

«Io—io non lo so cosa provo. Ma non voglio tutto questo.» Indicai con la mano la caverna. «Io volevo scegliere il mio stesso destino. Io volevo vivere la mia vita.» L'immagine di Brenna circondata di bambini con i suoi due Alpha mi ritornò alla mente, ed io sperai di poterla un giorno eliminare per sempre da lì.

«Non potete tenermi qui contro la mia volontà», dissi, guardando a terra.

«Potremmo. Ma non lo faremo. Se vuoi andare, sei libera di andare», disse Ragnvald.

Maddox si era assicurato di non mostrare alcuna

emozione, perché la sua faccia era fredda come la pietra. La cosa mi fece infuriare così tanto che gli diedi immediatamente contro.

«Mi hai strappato dalla mia vita! Io mi stavo creando il mio cammino. Non ti avrei mai conosciuto. Non ti avrei mai voluto.» Il mio stomaco si strinse quando vidi la sua espressione addolorata. «Non posso donarmi a te senza perdere me stessa.»

Lui si girò, ed io immediatamente lo chiamai, una forza dentro di me che m'impedì di fermare la mia stessa voce.

«Mi dispiace, Maddox... per favore...» caddi a terra.

Ragnvald mi riportò dentro la caverna e mi poggiò sul letto, lasciandomi piangere per la Sabine che aveva camminato la sua strada sicura, senza mai lasciare il suo cuore andare dove volesse. Quella ragazza era morta e sepolta, ed io ero da sola, senza nessun voto a proteggermi.

«Voglio tornare indietro», dissi, dopo un pomeriggio passato dentro la caverna, un pomeriggio fatto di silenzio e di tensione, ad aspettare che la pioggia si calmasse.

Ragnvald sospirò, sconfitto. «Ti do la mia parola, non sei prigioniera. Puoi andare...»

«Le mie sorelle—»

«Loro devono restare. Saranno date ai Berserker come compagne.»

«Darete due giovani ragazze ad un branco intero?» sussurrai, scioccata.

«No. Ci sarà una grande competizione, dei giochi in cui i guerrieri si sfideranno per la loro mano. Ai vincitori il loro premio.»

«Premio? Intendi le mie sorelle!» dissi, con voce affilata.

«Non posso farci nulla, Sabine. Fa parte del patto fatto con il branco di Brenna, ma anche se così non fosse... la vita che Brenna vive con i suoi due Alpha ha dato al branco una speranza che avevamo perso molto tempo fa. Non avevamo mai pensato di poter vivere come esseri umani. Non avevamo mai pensato...» la sua voce rimase sospesa nell'aria anche nel silenzio. Sentii il dolore che provò nel dire quelle parole. «Ci hai dato un motivo per uscire fuori dai nostri nascondigli...»

Stavo aspettando il mio scopo nella vita aveva detto Brenna, un'eco delle parole di Maddox e Yseult. *Il tuo destino.*

Cercando il mio egoismo, gli chiesi «E che ne è di me? Che ne è di ciò che posso fare io? Avete discusso anche di cosa farne della mia vita con gli Alpha, o soltanto con il tuo branco?»

Il tono di Ragnvald fu affilato tanto quanto il mio. «Tu appartieni a noi, e a noi soltanto. Se decidiamo che sei libera di andare, sei libera di andare.»

Alzandomi, camminai verso l'uscita della caverna, fermandomi sul bordo, come avessi ancora la catena alla caviglia.

«È una tua scelta», concluse Ragnvald.

Mi morsi il labbro. Sarei riuscita a lasciare le mie sorelle indietro?

«Che cosa vuoi fare, Sabine?» parlò Maddox dalle ombre. La sua voce dura mi fece capire che aveva poco controllo della sua bestia.

«Rivoglio indietro la mia vita. Rivoglio la mia libertà.»

Si avvicinò a me, le spalle ricurve, come pronto a trasformarsi nel Lupo e rincorrermi come sua preda.

«Libertà, piccola strega? Ci lasceresti imprigionati?»

«Vi ho salvati dalla bestia—»

«Eppure siamo ancora incatenati. Da te. *A te.* E tu sei incatenata a noi. Se scappi dall'amore non sarai mai libera.»

«*Non vi amerò mai*», sputai.

La mano di Maddox si avvicinò alla mia gola.

«Maddox. Allontanati», ordinò Ragnvald.

L'oro negli occhi del guerriero tatuato mi fecero capire che la Bestia era vicina.

Aspettai di sentirlo rimproverarmi per la bugia, ma lui lasciò semplicemente cadere la mano.

«Allora vattene, Sabine. Non c'è niente, qui, per te.»

* * *

MI LASCIAI ANDARE alle lacrime mentre sistemavo le mie cose, ma restai in piedi.

«Sono pronta», dissi a Ragnvald, e lui si allontanò dal fuoco. Maddox era sparito di nuovo.

«Ti porterò più lontano che posso. Oltre un certo punto, sarà sicuro per te camminare. I Berserker sono le creature più temute su quest'isola, e tu hai ancora il nostro odore addosso.»

Camminammo in silenzio lungo il territorio dei Berserker. Pensai a tutte le cose che avrei potuto dire, ma alla fine nulla avrebbe potuto spiegare il mio egoismo. Mi chiesi se avrei mai potuto rivedere le mie sorelle. Una parte di me non lo voleva sapere. Andarmene sembrava come perdere un arto. La mia mente e il mio cuore sentivano un dolore profondo.

Guardai in alto quando ci fermammo su una piccola collina che mostrava l'isola che riconoscevo.

«Ecco la strada» disse lui, indicando un sentiero utilizzato spesso. «Non posso andare più avanti di così.»

«Dì a Maddox...» Forzai le parole. «Digli che ho detto addio.»

Ragnvald si fermò, come in attesa che dicessi qualcos'altro. Quando non lo feci, semplicemente sospirò e si portò una mano sul collo, sembrando molto meno un Vichingo, e più un ragazzo cresciuto troppo, e troppo in fretta. «Non voleva prenderti.»

«Cosa?»

«Maddox», disse. «Lui non voleva prenderti. Il branco lo ha costretto a farlo. Ti ha preso per loro, e per me. Se fosse stato per lui, sarebbe morto prima di toglierti la tua libertà e la tua vita.» Lo disse senza giudicare, ma sentii il peso delle sue parole nonostante tutto.

Poi mi spinse contro di lui, abbracciandomi forte.

«Vai a casa, piccolina.» Il suo pollice mi accarezzò le labbra, e quando si staccò da me, aveva addosso la stessa regale freddezza di sempre.

* * *

E ANDAI A CASA. La capanna puzzava di cenere e fumo vecchio, ed era piena zeppa di foglie morte. Passai tutti i primi giorni a pulirla, insieme al giardino. La maggior parte delle erbe erano morte, come se fosse stata la mia presenza, oltre il Sole, la Terra, la Pioggia, a farle crescere e vivere.

Evitai il villaggio, e nonostante morissi di fame e sete, non tornai più nel boschetto in cui andavo sempre.

Durante la terza notte, di ritorno da una lunga giornata alla ricerca di cibo, tornai a casa e trovai dei regali di fronte la mia porta: tre uccelli morti e legna per il fuoco. Cercai ovunque, ma non riuscii a trovare nessuna traccia di chiunque fosse stato a portarli. Fu la notte dopo che riuscii a scorgere la chioma nera di un lupo correre dietro i cespugli vicino al sentiero.

«No!» urlai, e usai il mio bastone da passeggio per scuotere i cespugli. «Maddox, vieni fuori!»

Il vento magico mi spostò i capelli, facendomi venire i brividi. Maddox uscì fuori come gli avevo chiesto, vestito solo del perizoma lasciato dalla magia, i suoi tatuaggi in tutta la loro gloria di fronte ai miei occhi.

Il mio corpo si tese immediatamente alla sua vista, prima di ricordarmi che non potevo permettermi di volerlo.

«Che cosa ci fai qui?» chiesi, rendendo la mia voce dura.

Mi guardò per un momento, ed io mi ricordai che gli ci voleva un po' prima di poter parlare. Probabilmente era stato in forma di lupo per giorni.

«Te ne devi andare», gli dissi. «Ho fatto la mia scelta. Non ti voglio.»

Quando alla fine riuscì a trovare la voce, a malapena riuscii a capire cosa stesse dicendo. «Pensi di aver scelto la libertà, ma non è così semplice.»

«Certo che lo è. Sei venuto e mi hai rovinato la vita. Adesso te ne vai e mi lasci in pace.» Le mie mani fecero un gesto per fargli capire di andare via, ma quando le prese di scatto, stringendole tra le sue, io squittii sorpresa. Cercai di liberarmi dalla sua presa, ma lui mi avvicinò sempre di più fino a quando non riuscii a sentire il suo profumo, selvaggio e perfetto, che mi portò a smettere di lottare.

«E che ne è degli uomini che ti guardano? Che ne è del prete che ti vuole morta? Non può controllare il tuo potere, e non può permettere a qualcosa di più forte della sua fede di camminare sulla Terra.» Maddox mi strattonò. «Chi ti proteggerà quando verranno a prenderti dentro casa, legandoti ad un palo di legno pronti ad appiccare il fuoco? Non starò fermo in disparte a guardarli stuprarti, non permetterò a nessun uomo di prenderti. Per non parlare del mio stesso branco—» Maddox si fermò, riprendendo il respiro.

«Cosa c'entra il tuo branco?»

Quella volta fece un passo indietro, la testa bassa. «Hanno minacciato di riportarti indietro. Ragnvald può controllarli, ma io resterò qui con te, e ucciderò chiunque proverà a rompere la nostra promessa di lasciarti libera.»

«Mi dispiace...» Sarebbero mai bastate quelle due parole

per assolvere il mio egoismo? «Ma devo essere fedele a me stessa.»

«Lo capisco», disse, lasciando la mia mano. «Ho rinunciato al branco, e ti proteggerò per il resto della mia vita.»

«Ma…» Mi sentii mancare il respiro, il cuore mi si strinse nel petto. «Maddox… tu sei un lupo… Senza il branco morirai.»

Era ancora fermo vicino a me, ed io non riuscii a fermare me stessa in tempo. Toccai la sua mascella, notando finalmente le ombre profonde sotto i suoi occhi, il modo in cui si affossavano le sue guance. Maddox chiuse gli occhi al mio tocco, come se lo bruciassi e lo calmassi al tempo stesso.

«Sì. Ti darò la tua libertà, in qualsiasi modo.» Si staccò dal mio tocco, allontanadosi da me. «È tutto ciò che mi permetti di darti.»

Prima di poterlo vedere sparire nella foresta, lo fermai di nuovo. «Maddox—aspetta. Ragnvald mi ha detto che non volevi prendermi, all'inizio. È vero?»

«Sì. Lo avrei lasciato morire. Avrei lasciato morire tutti noi. Tu eri innocente. Non avevi fatto niente per meritare la vita maledetta che dovevamo vivere noi. Ma il branco ha minacciato di venirti a prendere, allora come adesso. Ti avrebbero presa comunque, e tutto ciò che avevo fatto, tutte le volte in cui ti avevo guardata, pronto a proteggerti… sarebbe stato invano.»

Chiusi la distanza tra di noi e gli afferrai il braccio. «Perché non me l'hai mai detto?»

Le sue spalle si alzarono lentamente. «Che cosa sarebbe cambiato? Ho preso la decisione di prenderti. E non m'importava che fosse contro la tua volontà. Mi sono fatto forte, così da non farmi impietosire.»

Bugiardo, volevo dirgli. «Perché sei venuto tu stesso per me?»

Perse—o vinse—la battaglia contro la sua Bestia, e si girò

di nuovo verso di me. «Perché non potevo permettere a nessuno di toccarti. Sabine—» Non mi baciò, ma dovunque le sue dita andarono io riuscii a sentire il fuoco prendermi immediatamente. Il desiderio esplose dentro di me.

«No!», mi staccai subito da lui. «Non posso farlo.» Correndo di nuovo dentro la capanna, chiusi la porta con forza dietro di me prima che lui potesse seguirmi.

Non l'ho voluto io, continuai a ripetermi con forza.

Avevo il diritto alla mia libertà.

«E poi», mormorai a me stessa, di fronte al fuoco. «L'amore rende deboli le donne.»

La notte calò, e con lei la pioggia. Non riuscii a togliermi dalla testa l'immagine di un lupo fermo dentro la foresta, a fare la guardia alla mia capanna, gli occhi chiusi contro il vento.

L'amore rende deboli anche gli uomini, pensai.

Quando l'alba arrivò io uscii fuori di casa. Non avevo né mangiato né dormito, e a giudicare dal modo in cui il Lupo alzò immediatamente la testa quando mi avvicinai a lui, anche lui aveva fatto lo stesso. Avevo il mio bastone da passeggio in una mano, il cesto con le mie erbe nell'altro.

«Portami da Ragnvald.»

CAPITOLO 11

L'Alpha era seduto di fronte al fuoco all'interno della caverna, metà alla luce e metà all'ombra. Alzò la testa e mi guardò come se fossi stata via soltanto un attimo. Il mio corpo era dolorante dal lungo cammino, ma il dolore mi aiutava.

«Voglio una casa», dissi. «Le mie stanze, con porte che posso chiudere. Chiunque desideri visitarmi o entrare deve prima bussare, e sarò io a decidere se possono entrare o meno.»

«Immagino che si possa fare», disse Ragnvald.

«Grazie.» Una brezza leggera fece svolazzare i nostri capelli, come se la foresta avesse appena sospirato.

Quando mi guardai indietro, Maddox era fermo lì nella sua forma umana. La magia della Trasformazione lo aveva lasciato ancora una volta con solo il perizoma addosso, ma aveva addosso anche una pelliccia sulle spalle. Sembrava stanco e affamato, ed io mi sentii in colpa, perché sapevo che ero stata io a ridurlo così.

«Probabilmente non riuscirà a parlare per un po', ma i

legami del branco sono tornati quelli di prima», disse Ragnvald.

Presi la mano del biondo, e allungai l'altra per il guerriero tatuato. Maddox baciò le mie dita, ed io mi sentii scuotere dai brividi.

Le nostre menti sono legate, disse Maddox chiaramente, nonostante sapessi che non aveva usato le parole. *Il legame di coppia è formato completamente. Non so quando sia successo.*

«Io credo… credo che sia sempre stato lì. Tu lo sapevi, non è vero?» chiesi a Maddox, e il sorriso che incurvò le sue labbra fece scintillare i suoi canini. «Ti ho sentito dentro la mia testa dalla prima notte. Il legame è sempre stato lì… stava soltanto aspettando me.»

Poggiai la mano di Ragnvald sul mio fianco prima di girarmi verso Maddox. «Eri pronto a dare la tua vita, per me.»

Lo farei altre mille volte. La sua mano mi strinse i capelli per un attimo. Ritrovò la voce. «Morirei mille volte se sapessi che questo ti terrebbe al sicuro.»

Gli accarezzai il viso, chiedendomi come potesse esistere un uomo del genere.

Dietro di me, Ragnvald spinse la mia schiena sul suo petto.

«Stai con noi, piccola strega. Non deve essere per sempre.»

Io sorrisi e mi girai, così da poter toccare entrambi allo stesso tempo. «Bugiardo.»

Mi alzarono in mezzo a loro, i movimenti sincronizzati. Li lasciai togliermi i vestiti e poggiarmi sul letto, toccandoli per quanto potessi prima che mi premessero i polsi insieme sopra la mia testa e prendessero la frusta.

«Per averci lasciati» disse Ragnvald, tenendomi mentre Maddox colpiva i miei seni ancora e ancora. Io piansi e piansi, accettando il dolore, sentendo il legame tra di noi aprirsi sempre di più con ogni colpo. Con dita esperte tra le mie pieghe, Ragnvald mi portò lontano dal dolore e verso il piacere. Quando l'orgasmo fece tremare il mio corpo, Maddox fece girare la pelle della frustra intorno al mio collo facendomi alzare, sopra di lui. Il suo cazzo mi prese veloce-mente, ed io lo cavalcai con solo il rumore bagnato della mia pelle tra di noi.

«Lo sai che non puoi tornare indietro, adesso, vero?» chiese Maddox, le sue mani strette sui miei fianchi in una morsa che avrebbe lasciato i lividi. «Non m'importa cosa dice Ragnvald. Se provi a scappare ti riporto indietro dai capelli.»

«Ci puoi provare, Lupetto» gli dissi, mostrandogli i denti. Lui si spinse in maniera brutale dentro di me, spingendo con una violenza che non aveva mai usato prima, ed io mi ritrovai ad urlare. Ma quando allentò le spinte, cominciai ad urlare di più.

«Ferma, Sabine.» Gli uomini mi fecero sporgere in avanti, e Ragnvald si prese la mia altra entrata con un dito bagnato d'olio.

«Quando ti prenderemo insieme, sarai rovinata per chiunque altro» disse Ragnvald, un dito a scopare il mio ano. Mi sentivo piena, così deliziosamente piena con Maddox ancora dentro di me. «Non vorrai mai andartene.»

Gemendo, mi mossi contro il suo dito e lui ne aggiunse un secondo, e poi un terzo. E quando fui abbastanza larga, aggiunse il suo cazzo dentro il mio ano. Il bruciore che sentii quando si spinse dentro si unì al piacere che sentivo dentro la mia vagina. Urlai quando sentii le loro mani stringermi.

«Donaci il tuo dolore, piccola» sussurrò Ragnvald. Quando Maddox si alzò per baciarmi, sentii il nostro legame farsi più forte, più profondo, e il dolore sparì completamente, affondando nel torrente che ci legava. Coricata con entrambe le mie entrate possedute, sentii una pulsazione gentile—non ero certa di sapere se facesse male oppure bene. Divenne più grande ad ogni secondo che passava, ed io strinsi le mani sulle spalle di Maddox, impaurita.

«Così, piccola. Tieniti a me.»

«Arrenditi, Sabine, e lasciati andare al piacere.»

Cominciarono a muoversi, le loro spinte in perfetta sincronia. Un gemito lento si levò dalla mia bocca, mentre venivo scopata da entrambi.

«Troppo?» mormorò Maddox, ed io lo strinsi più forte.

«Per favore... più veloce, più forte.»

Loro fecero come avevo chiesto, ed io mi persi nei loro movimenti, annegai in quella gioia che derivava dal nostro legame. Mi sentivo me stessa e allo stesso tempo mi sentivo come se non lo fossi, persa nelle onde create dalle nostre tre anime.

Non perderai te stessa, mi dissero, insieme. *Non lo permetteremo. Tu sei Sabine, e sei nostra.*

Dì i nostri nomi, ordinò Ragnvald.

Io provai a trovare la mia voce, senza riuscirci.

Maddox si alzò e mi baciò, assaporando le mie stesse lacrime.

Non così, piccola strega. Parlaci dal cuore.

Ritrovai il sentiero verso i nostri cuori e sussurrai nella mia testa. *Maddox. Ragnvald.*

Ancora. Fuori dalla nostra testa, continuarono a spingere dentro il mio corpo, e la sensazione che cominciò a crescere tra di noi minacciò di romperci in mille pezzi. Io continuai a sussurrare i loro nomi, ancora e ancora, una litania che mi tenne a galla.

Maddox. Ragnvald.

Nostra, risposero i guerrieri, e affondarono i denti su entrambi i lati del mio collo.

Io urlai di felicità, e il piacere esplose all'interno del nostro legame, un momento perfetto dopo l'altro, stelle in una costellazione così vasta da coprire tutto il mondo, un posto dove avrei potuto vivere per sempre... con i miei uomini.

* * *

«TU LO SAPEVI CHE SAREBBE SUCCESSO», sussurrai a Maddox molto, molto più tardi, coricati l'uno tra le braccia dell'altra. «Sapevi che se mi avessi presa io mi sarei innamorata di te. Ammettilo, lupo.»

Lui prese la mia mano e la poggiò sul suo cuore. «Sh. Riposati, piccola strega. Continueremo a discuterne domattina.»

Io mi addormentai con le sue dita dentro di me.

* * *

UNA LUNA DOPO, ero in piedi di fronte la porta della mia nuova casa, composta da enormi tronchi tagliati e scolpiti dalle mani di un Berserker.

«E qui c'è il letto» disse Maddox, scortandomi verso la stanza più grande della casa e di fronte l'enorme letto che prendeva quasi tutta la stanza. «Lo abbiamo costruito noi stessi. Nessuno del branco lo ha mai toccato.»

Un enorme albero era fermo al centro della stanza. Mani attente lo avevano intagliato per formare una testiera, e i rami formavano un baldacchino. Tracciai le rune intagliate sopra con un dito.

«Ti piace, piccola strega?»

Incapace di dire una parola, semplicemente annuii.

«E allora ti lasciamo a goderti un po' la tua nuova casa» disse Ragnvald, e lui e il suo fratello guerriero si scambiarono un sorrisetto.

Una volta fuori dalla stanza, chiusi la porta pesante di

legno, lunga e alta molto più di me. Spingendomi sopra di essa, aspettai un po'.

Il rumore delle nocche che bussavano alla porta venne pochi secondi dopo, e sembrò così forte da far tremare il mio corpo contro il legno.

Con un sorriso aprii la porta per i miei due guerrieri, e mossi la mano davanti a me per invitarli ad entrare.

LIBRO GRATUITO

Ricevi un libro segreto sui Berserker, "Allevata dai Berserker"
(solo per i fan più accaniti sulla lista e-mail di Lee=)
Vai qui per cominciare… https://geni.us/BredBerserkersIT

LA SAGA DEI BERSERKER

Per più di un secolo, i guerrieri Berserker hanno combattuto e ucciso per i re. Ma c'è un solo nemico che non possono sconfiggere: la bestia dentro di sé.

Venduta ai Berserker
Accoppiata ai Berserker

Allevata dai Berserker (solo per i fan più accaniti sulla lista e-mail di Lee=)

Presa dai Berserker
Data ai Berserker
Rivendicata dai Berserker

LE SPOSE BERSERKER

Salvata dai Berserker
Catturata dai Berserker
Rapita dai Berserker
Legata ai Berserker
Piccoli Berseker
Posseduta dai Berserker
La Notte dei Berserker
Domata dai Berserker
Comandata dai Berserkers

I GUERRIERI BERSERKER

Ægir
Siebold

Romanzo Paranormale

LA SAGA DEI BERSERKER. Questi valorosi guerrieri non si fermeranno di fronte a niente per rivendicare le loro compagne...Comincia con Venduta ai Berserker

ALFA RIBELLI, con Renee Rose (cattivi ragazzi licantropi) – comincia con Tentazione Alfa.

ROMANZI CONTEMPORANEI

IL MIO DADDY È Un Marine

SU LEE SAVINO

*L*ee Savino, scrittrice di successo dello USA Today, scrive libri incentrati principalmente su storie d'amore "smexy". *Smexy* è una combinazione di "smart" e "sexy", quindi Sexy e Intelligente, esattamente come i suoi personaggi. Trovala sul gruppo Facebook "Goddess Group" e scarica il suo libro gratis su www.leesavino.com!

Se non sei ancora sazio di ménage, dai un'occhiata alla serie Draekon! Se vuoi altri licantropi sexy, invece, dai un'occhiata alla sua serie chiamata Alpha. Lee ha scritto molti libri, ma queste due saghe dovrebbero tenerti impegnato per un bel po'!

Puoi trovarla su:
www.leesavino.com

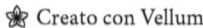 Creato con Vellum